「わたくしが、謝罪をせねばならないようなことがございまして？」
よっしゃ、婚約破棄宣言きた！
断罪された悪役令嬢ですが、
パンを焼いたら聖女にジョブチェンジしました!?

アレン
倒れていたところ
ティアに助けられた聖騎士。
なにやら訳ありのようだが……？
料理を召し上がれ！

イフリート
火の精霊。
乙女ゲームではヒロインと
契約するはずが、
パンに釣られてティアと契約。
アヴァリティア・
ラスティア・
アシェンフォード
（通称、ティア）
乙女ゲームの悪役令嬢に
転生してしまった日本人。
美味しいパン作りに奮闘中。
パンを使った美味しい

「わ、私が聖女だなんて！
なにかの間違いよ！
そんなわけない！」

断罪された悪役令嬢ですが、パンを焼いたら聖女にジョブチェンジしました!?

danzai sareta akuyakureijou desuga,
pan wo yaitara seijo ni
job change shimashita!?

烏丸紫明

イラスト●眠介

口絵・本文イラスト
眠介

装丁
木村デザイン・ラボ

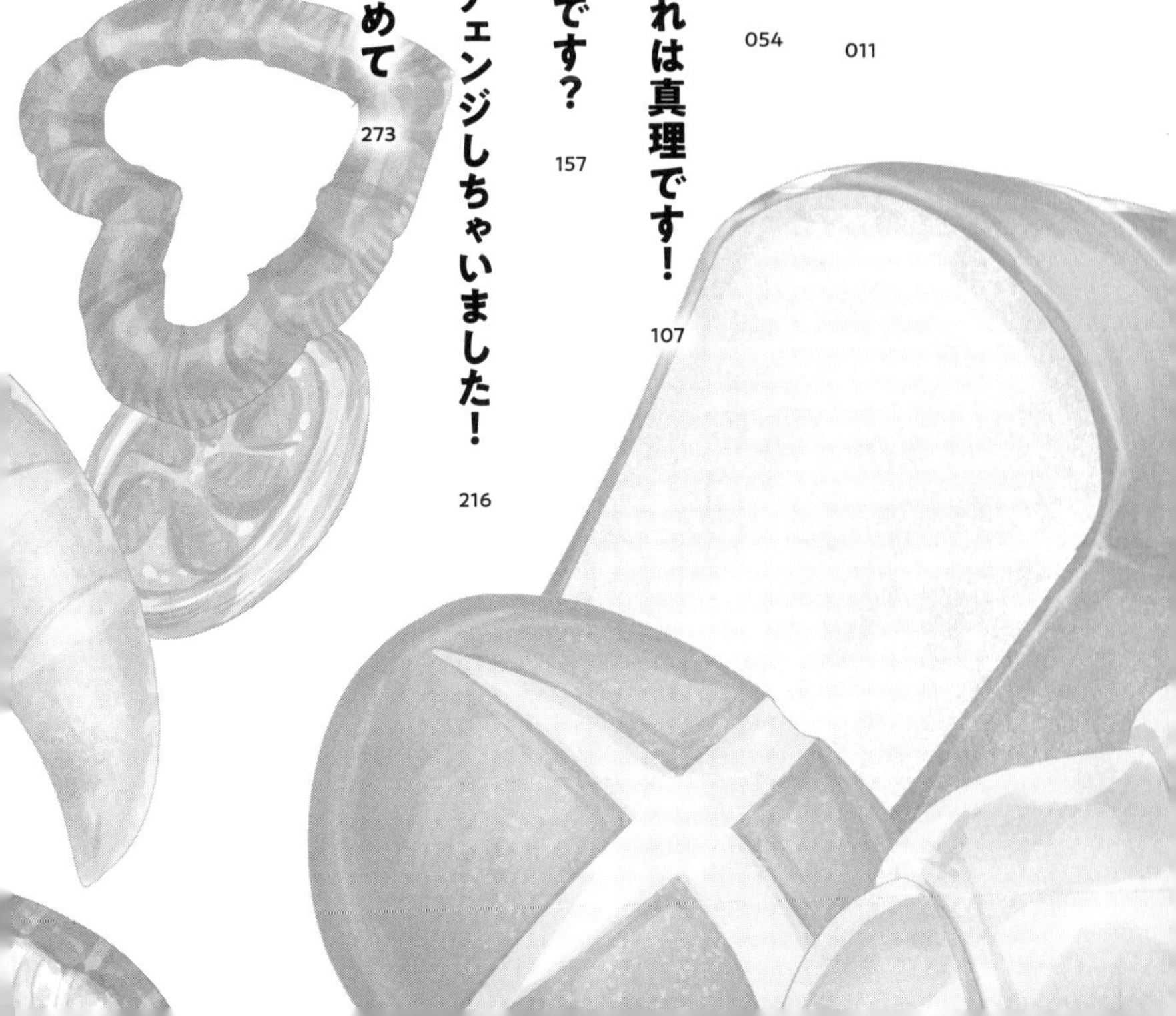

プロローグ

ドキドキと胸が高鳴る。

ああ！　いよいよだわっ……！

エリュシオン王立学園の卒業パーティー。

学生としての学びを終えた者たちの新たな門出を祝福する、良き日――。

しかし、会場を満たしているのは、ひどく不穏な空気だった。

学生たちだけではなく、王や多くの諸侯たちまでもが揃《そろ》っているにもかかわらず、物音一つせずシンと静まり返っている。

私は横目であたりの様子を窺《うかが》った。

精緻《せいち》な彫刻が施された純白の壁に、わずかな曇りもなく磨き上げられた大理石の床。整然と並ぶ金の装飾が施された白亜の柱に、煌《きら》びやかなシャンデリア。優美な曲線を描く高い天井には美しい精霊たちが見事な筆致で描かれている。

王宮のそれと比べても、遜色《そんしょく》ないであろう美しい大ホール。

ふと、笑みが零《こぼ》れてしまいそうになる。

『断罪』の舞台としては申し分ない。

「アヴァリティア・ラスティア・アシェンフォードよ。なにか申し開きがあるなら、最後に聞いてやらないでもない」

投げかけられた横柄な言葉。シナリオどおりだ。

私は深呼吸をして、目の前に立つ王太子——クリスティアン・オーネスト・エリュシオン殿下をまっすぐに見つめた。

陽光のごとき金髪に、強い意志を宿し輝く金色の瞳《ひとみ》。まっすぐ通った鼻筋に、薄く形のよい唇。そして、スラリとした長身。文句なしの美男子だ。

「あるいは、謝罪するつもりはあるか？」

その言葉に、フッと不敵な笑みを浮かべる。

『ご冗談を』

そして、肩にかかった艶《つや》やかな黒髪を優雅な仕草で払い、さらに目を細めた。

『わたくしが、謝罪をせねばならないようなことがございまして？』

クリスティアン殿下が怒りにギリリと奥歯を噛《か》み締《し》める。

その傍ら——彼に寄り添う女性は、ひどく悲しげに瞳を揺らした。

彼女の名はアリス・ルミエス。この乙女ゲーム『エリュシオン・アリス』のヒロインだ。

小柄で華奢《きやしや》。トロリとした艶のあるチョコレート色のストレートヘアに、抜けるように白い肌。

ふっくらした頬も、薔薇色《ばらいろ》の小さな唇も、なんとも可愛《かわい》らしい。

かすかに震える手も憂いに満ちた表情も、男性の庇護《ひご》欲を大いに刺激する。

いいよ！　さすがはヒロイン！　言葉を発さずとも百点満点のリアクション！

「告発にある、身分による差別や聞くだけで耳が汚れそうな暴言、おぞましい虐《いじ》めの数々、すべて身に覚えがないとでもいうつもりか？」

『いいえ。でも貴族と庶民との違いを教えて差し上げただけですわ。身分は尊ばれるべきものではございませんこと？』

憎々しげにこちらを見るクリスティアン殿下ににっこりと笑いかける。

まるで悪びれる様子のないセリフに聞こえるけれど、実際そのとおりなのだ。私がしたこと――ゲーム内でアヴァリティアがしたことも、身分関係なく好き勝手に振る舞うヒロインを叱責《しっせき》したり、二度と同じことをしないよう注意したりしたぐらい。虐めなんて言うほどのことはしてないのよね。

虐めをしたのは、アヴァリティア以外の人間だ。アヴァリティアさまのためにって――都合よくアヴァリティアを隠《かく》れ蓑《みの》にして。

でも、そんなことは言わない。

ただ、誇り高く堂々と顔を上げる。

自分はなにも間違っていないとばかりに。

「私の妃《きさき》になるということは、いずれは国母になるということ。お前が蔑《さげす》み、踏みつけた者たちは、この国の民！　私が生涯をかけて守っていくべき存在なんだぞ！」

そんなアヴァリティアに、クリスティアン殿下はさらに激昂《げきこう》する。

「そんな簡単なことすらわからないのであれば、お前に私の婚約者たる資格はない！」

ああ、いよいよ！　いよいよだ！

期待に胸が膨らんでゆく。

頬が緩んでしまいそうになるのを必死に堪《こら》えながら、その言葉を待つ。

そして、クリスティアン殿下が観衆をぐるりと見回して、声高らかに叫んだ。

「ここに宣言する！　私――クリスティアン・オーネスト・エリュシオンは、今この場をもって、アヴァリティア・ラスティア・アシェンフォードとの婚約を破棄する！」

『ッ……！』

き…キタ――――！　よっしゃ、婚約破棄宣言きた！

思わず叫びだしそうになるのを必死に堪えて、シナリオどおりのセリフを紡ぐ。

『そんな！　正気ですの？　そんな……そんな……ものの数にも入らない庶民の女のために⁉』

震える手でヒロインを指差す。ヒロインはビクッと身を震わせて、怯《おび》えたようにクリスティアン殿下の腕に縋《すが》る。

「……アリスは関係ない。お前が人の上に立つにふさわしいかどうかの話だ」

殿下が愛のこもった仕草でその震える肩を抱いて、私をにらみつける。

「ものの数にも入らないだと？　守り、慈しむべき民をまだそのように！」

金色に輝く双眸《そうぼう》が、苛烈《かれつ》な怒りに燃え上がる。

よし！　そのまま激情に任せて、最後の一言を！

「不愉快だ！　顔も見たくない！　今すぐ出て行け！」

キタぁ――――っ！　やったあぁぁぁっ！　やりましたぁあぁあぁあーっ！

あとは、この会場から連れ出されるだけ！

『クリスティアン殿下！』

縋るように手を伸ばす。みなの目に美しく映るよう、指先まで意識して。

その手を乱暴につかみ上げられる。私はギリッと奥歯を噛み締め、その相手を見据えた。

クリスティアン殿下の側近――ギルフォード・マークス・アルマディン侯爵令息。片目が隠れる艶やかな黒髪に厳しく冷徹な漆黒の瞳。長身で鍛え抜かれた無駄のない体躯《たいく》。厳格で正義感が強く、不正を絶対許さないまっすぐな性格。未来の騎士団長と目される人物だ。

「――殿下に近づくことは許されません」

『くっ……！　放しなさいっ！』

「さぁ、退室を」

そのまま強引に扉のほうへと引きずられてゆく。

『殿下っ！　こんなことが許されていいわけありませんわっ！　殿下っ！』

『顔も見たくない！』の言葉どおり、さっさと背を向けてしまったクリスティアン殿下にその声が、訴えが、届くことはない。

それでも叫ぶ。

ここが悪役令嬢――アヴァリティアの最後の見せ場だから。

『殿下ぁあぁあぁあぁっ！』

廊下へ引きずり出され、目の前で音を立てて分厚い扉が閉まる。

「…………」

私はきょろきょろとあたりを見回して誰もいないことを確認すると、グッと両の拳《こぶし》を握り締めた。

「～～～っ！」

や……やり遂げた！　やり遂げたわぁぁっ！

一時はどうなることかと思ったけど、しっかりと悪役令嬢をまっとうできた！

これでアヴァリティアのゲームでの役割は終わり。ここからは私として生きても大丈夫なはず。

やったぁぁあっ！　解放されたぁぁああっ！

今すぐ万歳《ばんざい》三唱したい気分だけれど、家に帰るまでが『断罪イベント』です！

私は素早く踵《きびす》を返し、肩の髪を払ってツンと顎《あご》を上げて、足早に歩き出した。

美しい髪をなびかせ、カツカツと靴音高らかに、実に悪役令嬢らしく――退場！

第一章　元・悪役令嬢、パンを焼く

アヴァリティア・ラスティア・アシェンフォードはエリュシオン王国の剣――アシェンフォード公爵家の娘で、大人気乙女ゲーム『エリュシオン・アリス』の悪役令嬢だ。

名前の由来はラテン語の『強欲（Ａｖａｒｉｔｉａ）』。美しい容姿とは裏腹に、その名のとおり我儘《わがまま》で傲慢《ごうまん》、望みのためならどんな悪逆非道も涼しい顔でやってのけてしまう恐ろしい女だ。

いえ、恐ろしい女だったと言うべきね。二年前に『断罪イベント』を終えて、王太子殿下からは婚約破棄され、アシェンフォード公爵家からは勘当されて、しっかりがっつり破滅済みだから。

お察しのとおり、アヴァリティアの中の人と化している私は、ブラック会社で社畜をやっていたアラサーのヲタク。ちなみに、『エリュシオン・アリス』の大ファンだった。

いったいなにがどうなってこうなったのかは、私にもわからない。

気がついたときには、私はアヴァリティアになってしまっていた。

私は死んだのか、それとも生死の境にいる状態なのか、寝てる間に魂がお出かけしちゃったのか、死んだ私がアヴァリティアに転生したのか、私の魂が憑依《ひょうい》した状態なのか、なに一つわからない。

とりあえずはっきりしたことといえば、これは夢ではないってことと、だから待っていても目が覚めることはないってことだけだった。

「さて――」

キッチンの木窓を開けると、東の空はすでに白みはじめていた。

「はじめますか！」

私は素早くエプロンをつけて腕まくりをすると、戸棚を開けた。

『エリュシオン・アリス』の世界観のモデルは、十九世紀半ばあたりのヨーロッパ。

とはいえ、そもそも魔物が存在する異世界で、科学の代わりに魔法が発達したって設定のうえ、ゲーム進行においてノイズになるようなところは結構調整してるから、その時代にあるべきものがなかったり、逆にあるはずのないものがあったり――わりとゴチャゴチャしてたりする。

たとえば本来は白熱電球が発明される少し前ぐらいの時代感なんだけど、ここには光の魔法があるからボタン一つで部屋の照明をつけられるし、それも現代のものと遜色ないほど明るい。

キッチンもそう。見た目こそその時代に使われていたキッチンストーブ的な調理台だけど、石炭じゃなくて火の魔法が使われているから機能はほとんどガスコンロとオーブン。

壁から下がる調理道具は鉄製かホーロー製だし、古めかしい陶器の食器が並ぶのは飴色《あめいろ》になったアンティーク食器棚なのに、その隣にはしっかりシンクがあり、水道があり、氷の魔石が使われた冷蔵庫がある。見た目はレトロだけど、おそらく昭和の台所よりずっと使いやすいと思う。昭和の台所なんて使ったことないけど。

でも、もうすでにその時代にはあったはずの鉄道や蒸気自動車、初期のガソリン自動車なんかは影も形もなかったりする。まぁね、あったら異世界感が薄れちゃうもんね。

「おお〜！　膨らんでる膨らんでる！」

戸棚から取り出したボウルの中には、一次発酵を終えて膨らんだ、白くて艶のあるパン生地が。昨日の夜に仕込んでおいたものだ。

「どれどれ〜？」

粉をつけた指で突いてみると――穴は指の形のまましっかりと残っている。うん、いい感じ！

パン生地の表面を拳でトントンと叩《たた》いてガス抜きをしたらボウルから取り出して、軽く捏《こ》ねる。そのまま素早くひとまとめにして、スケッパーで等分する。

今度はそれらをそれぞれ平たく伸ばして、固く巻いてゆく。閉じ目をしっかりと閉じて一本の棒にしたら、固く絞った布を被《かぶ》せて二次発酵だ。

発酵を待つ間に、戸棚からパン生地たちを出して、それぞれ手際よく成形してゆく。

今日焼くのはバゲットとブール、そしてふんわり柔らかいバターロール！

パン作りは、前世――になるのかなぁ？　アヴァリティアではなく、私自身の趣味だった。

まぁ、ブラックな会社でごりごりの社畜をやってたから、パンを焼けるのは二ヵ月に一度ぐらい。朝から晩までパンを焼きまくって、すべてカットして、冷凍して――次の休みまでは朝も昼も晩もそれをリベイクして、あるいはアレンジ料理にして食べるというのを繰り返していた。

時短になるし、バターも小麦粉も業務用食材の店でまとめ買いすれば安いし、なによりも一番はパンが大好きだったから。

それなりにこだわってもいて、酵母は自家製。レーズンやバナナから自身で作っていた。

まぁまぁ満足いくものはできていたけど、そりゃ当然プロが焼いたパンのほうがおいしいよ？　本当は作るよりも人気のパン屋でパンを買いたかったよ？　でも、一つ三百円も四百円もするパンなんて貧乏社畜には手が出なかったのよ。悲しいことに。

アヴァリティアになって――最初の試練は『食事が口に合わない』だった。

昔のヨーロッパには、調理の工程は複雑であるほど上級の料理と考えられていた時期があって、このエリュシオン王国でも手順の少ない料理は下品と考えられていて、そのためアシェンフォード公爵家の食事は……なんて言うかもう……たとえば鶏肉《とりにく》のローストでも、無駄に下茹《したゆ》でして、お腹《なか》の中に詰めものをしてから丁寧に取ったブイヨンで煮て、それから竈《かまど》で焼いたりするのよ。

そんなことしたらどうなるか、言わなくてもわかるよね？　――そう。肉汁は抜け切っちゃってパッサパサで、食感もモロッとおかしなローストになるの。おいしいわけないでしょ？　そんなの。

味つけももちろん日本人向けじゃないし、とにかくなにを食べてもおいしくない。とくにパンはひどいの一言。ライ麦パンなんだけど、たとえるなら、焼いてから一週間乾燥させたパンって感じ。ふんわり感なんてゼロ。柔らかさの欠片《かけら》もないのよ。そんなガッチガチに硬いパンを薄ーく切って食べるの。二十一世紀の日本のパンを食べ慣れている人間には、罰ゲームでも食べたくないパンよ。一枚食べただけで顎が疲れ切ってしまって、翌日は顔面筋肉痛で口が開けられなくなったんだから。

幸いアヴァリティアはアシェンフォード公爵家の一人娘。これ以上はないほどのお金持ちだもの。お金ならどれだけかかっても構わない。小麦のふんわり柔らかいパンを作らせようと思ったのよ。パン作りの知識ならあるし。

でも、そのときふと思ったの。

私が――アヴァリティアがゲームの世界観を壊してしまうような勝手な行動をしたら、いったいどうなるのだろう？

それでもゲームは、シナリオどおり正しく進むのだろうか？

それなら、いい。

でも、もし――そうじゃなかったら？

結末が大きく変わってしまったら？　ううん、それならまだいい。もともとマルチエンディング形式なわけだし、たとえバッドエンドだったとしてもきちんと着地点にたどり着けるならいい。

でも、バグが大きすぎて、ゲームが進まなくなってしまったら？

そのままエラーを起こして、この世界が壊れてしまったら？

そう考えたら、一気に怖くなってしまった。

自分の我儘で、世界を壊していいはずがない。

なによりこのゲームの大ファン――エリアリクラスタとして、それだけは絶対にしたくなかった。

私、二次創作ですら、公式へのリスペクトを感じない改変は絶対許せない派だもの。世界観を壊す、ゲームを止めてしまう危険性のある改変なんて絶対ＮＯ！　そんなの、ヲタクの風上にもおけないじゃない！

それからというもの――私は悪役令嬢としての役目をまっとうすることだけに心血を注ぐようになった。

ゲーム内で描かれているシーンはきっちり完全再現。

それ以外でも、世界観・キャラクター設定に反しない行動を心がけた。

好きなことをやるのは、ゲームがエンディングを迎えたあとでいい！

まずはゲームがきちんとエンディングを迎えるように、悪役令嬢としての役目をまっとうする！

もともとセリフの一言一句を覚えてしまうほどやり込んだゲーム。私が演じたアヴァリティアは、ゲームそのまま――自画自賛になるけど、本当に完璧《かんぺき》だったと思うわ。

だから、二年前――ちゃんと王太子ルートのトゥルーエンドを迎えることができた。

アヴァリティアはシナリオどおり破滅。辺境の神殿送りとなり、心を入れ替えるために一年間は下級神官として徹底して神への奉仕活動を行った。

その後、アシェンフォード公爵家の領内には戻ることが許されて――とある町はずれの森の中の小さな屋敷に住みはじめた。

そこから、ようやく私の時間！

一年間かけて、安定的に仕入れられる上質な小麦を見つけて、確保。砂糖の仕入れ先も見つけて、何度も交渉に交渉を重ねて、契約。魔道具――魔法が原動力の家電のようなもの――で、パンを焼くのに適した大容量の石窯《いしがま》オーブンを開発。これはすごく時間がかかった！

同じく、パンを焼くのに必要な道具で、この世界にまだないものは、自作。

さらには、レーズンやバナナ、リンゴ、ヨーグルトなども手に入れて、自家製のパン酵母作りも。

そのあとは、とにかく試作！　試作！　試作！　試作の嵐！　本当に頑張った！

「よし、二次発酵終了！」

時計を確認し、パン生地を確認する。うん！　いいぞっ！

バゲットは形を整えて、クープと呼ばれる切れ目を斜めに三本入れる。ブールは型から外して、十字にクープを入れる。そうしたら、サッと軽く表面を霧吹きで湿らせ、あらかじめ熱しておいた三段石窯オーブンにそれぞれＩＮ。

バターロールは表面にとき卵を塗って、こちらも石窯オーブンへ。

いやぁ～！　楽しみだな～！

もちろん、一年前に一人暮らしをはじめてから、キッチンストーブについてる小さなオーブンで自分用のパンは焼いていたのよ？　さらに言えば、仕入れる小麦の選定のため、自家製パン酵母のできの確認のため、大容量の石窯オーブンができてからはオーブンのクセを知るために、日常的に。

でも、今日のは少し事情が違う。

これは、はじめて私以外の人――この世界の人たちに振る舞うためのパンなの！

パンがあんな罰ゲームパンだけだと思ってほしくない。もっといろいろなパンがあることを――そしてそのおいしさを、この世界の人たちにも知ってほしい。

ゆくゆくは、パンで生計を立てられたら素敵。

あ、腐ってもというか、破滅しても、そこは元・公爵令嬢。超お金持ちのお嬢さま。お母さまの実家経由で毎月結構な資金援助がある。だから、なにもしなくても生活に困ることはないんだけど、それはそれ。これはこれ。

信じられないかもしれないけれど、長年社畜をやっているとね？　暇が怖いの。あり余る時間がとてつもなく恐ろしい。なにかしなくちゃって衝動に駆られていても立ってもいられなくなるのよ。もうどうにかなっちゃいそうなぐらい。

元・社畜にスローライフは無理。

お嬢さまらしく昼前に起きて、ぽかぽかした木陰でゆったりと朝食を取って、森の中を散策して、お茶をして、お昼寝をして、少し読書などをして、ディナーを楽しみ、星を眺めながらお酒を嗜《たしな》み、たっぷり二～三時間かけて身体《からだ》とお肌のケアをして寝る――そんな生活にはすごく憧《あこが》れるけれど、でもできないの。すでにできない身体になっちゃってるの。

生活に困ることはなくても、仕事がしたい。ある程度は時間に追われていたい。

そう思ったとき――一番最初に頭に浮かんだのが、パンだった。

もうエンディングは終えているもの！　ゲームへの影響は考えなくてもいい！

だったら、この世界においしいパンを広めたい！

「……！　ああ、いい香り……！」

漂いはじめたパンが焼ける香ばしい香りに、自然と口もとがほころぶ。

はじめは受け入れられやすいように、この世界のパンに比較的近いハード系を中心に焼いていくつもり。前世（？）でも焼き慣れているしね。でも、いつかはクロワッサンやブリオッシュなどのヴィエノワズリー系にも挑戦したいな。あとはサンドウィッチやタルティーヌ、バーガーなどの総菜パンも作っていきたい。

「みんな驚いてくれるかな？」

そりゃ、驚きはするよね。罰ゲームパンとはまったく違うもの。

問題は、受け入れてもらえるかどうか。どれだけおいしくても、人ってあまりに異質なもの――

自分の理解の範疇《はんちゅう》外にあるものには拒否反応を示しがちだから。

「どうか、食べてもらえますように」

いつの間にか、窓の向こうはすっかり明るくなっている。

私は祈るような気持ちで、抜けるように高く青い空を見上げた。

◇＊◇

「あ！　お嬢さまだ！」

食堂に入った瞬間、子供たちがわっと歓声を上げる。

神殿に併設された孤児院。大きな神殿ではないから孤児院自体もそんなに大きくないんだけど、それでも今いるのは、三歳から十四歳までの総勢十五名。

最初の一年間、下級神官として奉仕活動に従事した辺境の神殿とはまた別の場所ではあるけれど、実は私はいまだに週一回、近くの神殿のお手伝いをしている。

結構慕ってもらってる――と自分では思ってる。

「みんな元気だった？　今日はいいものを持ってきたよ～！」

「え？　いいもの？」

「なになに？」

私を見る目が、一気に期待に満ち満ちてキラキラ輝き出す。

私はにんまりと笑って、腕に抱えている籠《かご》を掲げて高らかに宣言した。

「パンよ！」

瞬間、子供たちがひどくがっかりした様子でため息をつく。

「え～っ？　パン～？」

「パンのどこがいいものなんだよぉ～。お嬢さまぁ～」

「あたし、パンきらぁ～い」

「わたしも。だって、おいしくないんだも～ん」

ん。ん。想定どおりのリアクション。

いいねぇ、いいねぇ。ここからその反応をひっくり返してみせましょう！

「今日のは、特別なパンなの。よ～く見てみて」

子供たちの傍《そば》に行き、パン籠の布を取る。

中には、薄くスライスしたバゲットと、山盛りのつやつやしたバターロールが。

「えっ⁉」

それを見て、子供たちがいっせいに目を丸くする。

「どう？　こんなパン、見たことある？」

子供たちがびっくり眼のまま首を横に振る。

「う、ううん。はじめて……」

「うん、いつものとちがう……。ねぇ、コレ、なぁに？」

みんな興味津々といった様子。よしよしよし！

私は神官たちが長テーブルにスープを並べ終えたのを確認して、みんなを席に誘導。

薄く切ったバゲットとバターロールをみんなのパン皿に載せて、まずみんなで食前のお祈り。

「みんな、できれば一口目はスープにつけないで食べてみてくれる？」

それから、パンパンと手を叩《たた》いてみんなの注目を集めて――味見をお願いする。

この世界のパンは何度も言うようにものすごく硬いから、スープやシチューにつけて食べるのが一般的。なにも言わずにほうっておいたら、みんなまずドボンってやっちゃうはずだから。まぁ、それでもいつものパンとの違いはわかるだろうけど、やっぱりパン本来の味をしっかりと味わってほしいじゃない？

「は？　スープにつけないで？」

子供たちのリーダー的存在である赤髪の男の子――マックスが、そんなことしたら歯が折れるんじゃないかと一瞬心配そうな顔をしたものの、バターロールを手に取って大きく目を見開いた。

「お、おい！　コレ……！　この、丸いの！　触ってみろよ！　ふかふかだぞ！」

「ええっ⁉　パンがふかふかって！　そんなことあるの⁉」

「ホントだ～！　柔らかぁ～い！　これ、本当にパン？」

「正真正銘のパンよ。お嬢さま特製のパン。さ、召し上がれ」

その言葉を聞くや否や、子供たちが我先にとバターロールにかぶりつく。

「ッ！」

「う、うっめぇ！」

「なにこれ？　おいし〜い！」

子供たちが一様に目を丸くし、歓声を上げる。

「こんなのはじめて！」

「ふっかふかで柔らかいの！」

「白くて、綺麗《きれい》で、甘くて……おいしい！」

「ねぇ、もっとないの？　もっとほしい！」

大興奮の子供たち。ふふふ、いいねぇいいねぇ！　いいリアクションっ！

そのあまりの反応のよさに、お手伝いの神官たちも目を丸くして顔を見合わせる。

「おい、薄いほうも食べてみろよ。こっちもうまいぞ！」

「ホントだ〜！　外側はカリカリしてて、でも内側はいつもより柔らかいの！」

私は、傍らでバゲットを見て呆然《ぼうぜん》としている一番年長の女の子の顔を覗《のぞ》き込んだ。

「どう？」

「す、すごくおいしいよ！　柔らかいけど、こっちのふかふかの丸いのとは違って……ええと……弾力ある感じって言うのかな……」

そこまで言って、うーんと考え込む。しっくりくる言葉を探している感じかな？

「ふふ。もっちりしてるでしょ？」

そう言うと、年長の女の子――アニーはハッとした様子で顔を上げた。

「……！　そう！　まさに『もっちり』って言葉が近いかも！　硬くないの！　だけど、こっちのふかふかのとは違うの！　柔らかいけど……歯ごたえがある感じ！　これ不思議！　ふかふかのもおいしいけど、私はこっちが好き！」

「私も！　いつものパンとは全然違う……！　柔らかいと硬いの中間？　なのがすごくいい！」

隣のリリアも大きく頷《うなず》く。さらには二人に賛同する声があちこちから上がる。

へぇ……。思っていた以上にバゲットのほうが好きと言う子が多いな。やっぱり柔らかいパンをまったく知らないだけに、あまりにも柔らかすぎるバターロールには少し違和感を覚えるのかな？

でも、おいしいって言ってるよね？　単純に好みの問題かな？

だけどやっぱりバターロールのほうがインパクトは大きいよね。触っただけで、自分が知ってるパンとはまるで別のものだってわかるから。

インパクトが大きいバターロールと、親しみやすいバゲット。

やっぱりお店をオープンさせる際は、両方試食できるようにするといいかもね。

「それで、みんなどう？」

ぐるりと見回すと、子供たちが声を大にして応えてくれる。

「「「「「こんなおいしいパンははじめて！」」」」」

うーん！　いいお返事！　よっし！　大成功っ！

思わず、グッと拳《こぶし》を握ってガッツポーズ。

「お嬢さまのパンはね、これだけじゃないんだー。また焼いたら持ってきてもいいかな？」

「えっ⁉　ほかにもあるの？　食べたい！　食べたい！」

「絶対持ってきて！　楽しみにしてる！」

幼い子たちが一気に目を輝かせる。

でも、年長者の一部の子たちは、戸惑い気味に視線を交わし合う。アニーとリリアもだ。

――うん、いい傾向。

私は身を屈《かが》めて、アニーとリリアににっこりと笑いかけた。

「お嬢さまの夢はね、こういうおいしいパンがたくさん並ぶ店を作ることなの」

「え？　パンのお店？」

「そう、売れると思う？」

「…………」

アニーとリリアが再び顔を見合わせる。

「でも、お高いんでしょう？　貴族しか買えなかったり……。こんなにおいしいパン……安いわけないもん……」

「あ、でも、貴族専門のお店って考えたら、売れるかもしれない……？　んー……でもわたしたち貴族じゃないから、そのあたりはお嬢さまのほうが詳しいんじゃない？」

「え？　私は元・お嬢さまであって、今は貴族じゃないのよ。知ってるでしょ？」

「え……？　でも……」

「貴族専門のお店なんてとんでもないよ。絶対に嫌。みんなに食べてもらいたくて作ったんだもん。みんなが買えるお値段じゃなきゃ意味がない。だから、町のみんなが今まで食べてた普通のパンとそんなに変わらない値段にするつもりだよ」

「「「「「本当⁉」」」」」

アニーもリリアも——ほかの子たちも目を丸くして、私を見上げる。うん、もちろん！

「うん、本当だよ。ねぇ、お客さん来てくれると思う？　みんな買ってくれるかな？」

「絶対来るよ！　めちゃくちゃ売れると思う！　オレなら店ごと全部買う！」

マックスが立ち上がって大きな声で断言する。

だけどすぐに、ハッと我に返った様子で顔を赤くした。

「あ……！　お、お金を稼げるようになったら、だけど……」

「でも、いつものパンと見た目が違いすぎるじゃない？　みんなはすでに一度食べてるからこれがおいしいのを知ってるけど、ほかの人たちはそうじゃないわけで……。だから、すごく心配なの。見知らぬ得体の知れないパンなんて、買ってくれるのかなぁ？」

「だったら、ほかのみんなにも知ってもらえばいいだけだよ。簡単なことじゃん！」

「そうだよ！　一度食べたら、絶対に好きになるよ！　自信持って！」

「ねぇ、バターロールってもうないの？　もっとたくさんの人に食べてもらおうよ！」

子供たちが次々とアイディアを出してくれる。——その言葉を待ってました！

「バターロールを少し小さくしたミニバターロールならあるけど……」

私はそう言って、パチンと顔の前で両手を合わせた。

「実は私も同じことを考えてはいたの。でも、私一人じゃ不安で……。ねぇ、お願い！　みんな、町でパンを配るの手伝ってくれない？」

「もちろん！」

「当たり前だろ？」

「そういう遠慮はしないでよ」

「あたしたちだって、お嬢さまの力になれるよ！」

子供たちが競い合うように手を挙げてくれる。

アニーとリリアもどこかほっとした様子で微笑《ほほえ》み合う。

「ありがとう！　じゃあ、パンの用意をしてくるね！　みんなもご飯を食べたら出かける用意してくれる？」

「「「「わかったー！」」」」

元気のいいお返事に嬉《うれ》しくなってしまう。本当に、ここの子たちは良い子ばっかりだ。

私はニコニコしながら食堂を出た。

「あ、神官長さま」

「——相変わらず、子供たちを使うのがお上手ですね」

廊下に立っていた神官長さまが、私を見上げてにっこりと笑う。

「使うだなんて……施しに慣れさせてはいけないとおっしゃったのは、神官長さまですよ?」

親がいないイコール可哀想《かわいそう》ではない。

よって、本人に、自分は『親がいない可哀想な子』なんだって意識を植えつけてはいけない。

そして、『可哀想な子』は施しを受けて当たり前だという認識を与えてはいけない。

子供の――孤児院にいるうちはともかく、孤児院を出たあとはそれではやっていけないから。

親がいてもいなくても、人生とは自分自身の力で切り開くもの。幸せも同じ。自身の力でもって
つかみ取るもの。

それを教えていかなくてはいけないのだと、神官長さまはおっしゃった。

そう――。その神官長さまの教えがしっかりしているからこそ、私が『(パンを)また焼いたら
持ってきてもいいかな?』と言ったとき、年長のアニーやリリアは戸惑った表情をしていたのだ。

彼女たちは、タダでもらうということをあまり良いことだと認識していなかったから。

「だからですよ。上手に労働をお作りになる。これで先ほどの『おいしいパン』は、施しではなく
労働の対価として得たものとなりましたね」

神官長さまがそう言って、パチパチと拍手する。

「いつもながらお見事です。あなたがあのアシェンフォードの悪逆非道で名高い元・公爵令嬢とは。

本当に人の噂《うわさ》とはあてにならないものですね」

「……いえ、そんな……」

噂が正しいかと言われたら少し疑問ではあるけれど、でも別に間違ってもいないと思う。だってアヴァリティアは悪役令嬢で、私も二年前のあの日まではシナリオどおり行動していたわけだから。

悪逆非道って言うと、少し言葉が過ぎるような気がしてしまうけれど——ヒロインに身分が下の者から話しかけてはいけないとか、王族や貴族の殿方に軽々しくボディタッチしてはいけないとか、立場をわきまえて身分の序列や礼節を守るようにくどくど説いて、執拗《しつよう》に注意し、それ以外にもアヴァリティアという婚約者がいる王太子殿下への馴《な》れ馴《な》れしい振る舞いをキツい言葉で咎《とが》めて、いちいち邪魔していたのは——ヒロインからすれば立派な『悪』よね？

アヴァリティアの取り巻き令嬢たちがアヴァリティアを隠《かく》れ蓑《みの》にして虐《いじ》めを行っていたのも事実。それを——シナリオが変わってしまうのが怖くて見て見ぬふりをしていたわけで、そこはやっぱり『悪』よ。間違いなく。

「神官長さまは誤解をしてらっしゃいます。わたくしは良い人なんかじゃありませんよ。だってこれは、あの子たちのためじゃありませんもの。すべてはわたくしのためです」

私は首を横に振って、唇に人差し指を当てて微笑んだ。

「口コミに勝る宣伝はありません。だったら——成功の鍵《かぎ》は、あの子たちが握っていると言っても過言ではないと思いませんか？」

つまり、そう——。

「わたくしはわたくしのために、あの子たちを利用しているのですわ」

幼く無垢《むく》な子供たちを自身の欲望のために利用するのは『悪』でしょう——？

「ふふ、そういうことにしておきましょうか」

神官長さまが笑みを深める。

「みなさまの分も神殿のほうにお届けしてありますので、ぜひ食べてやってください。よければ、次に来たときにでも感想を聞かせていただけるととても助かります」

だから、これもただの寄付じゃない。私のお店をいい形でスタートさせるための先行投資だ。

「ええ、ご相伴にあずかりますよ。とてもおいしそうでしたのでね。感想もお約束しますとも」

「やった！　ありがとうございます！」

私はにっこり笑って、深々と頭を下げた。

「じゃあ、あの子たちと一緒に町でパンを配ってきますね。二時間ほどで戻ります」

それだけ言って駆け出す私を、神官長さまはヒラヒラと手を振って見送ってくださった。

「いってらっしゃい。あなたに主神ソアルのご加護がありますように」

◇＊◇

「いや〜！　満足満足〜！」

心がほこほこと温かい。家へと帰る足取りも弾む。

すでに森の中は真っ暗。今日は夜明け前に起き出してパン作りをしたから、当然疲労もかなりのものになっているはずだけど——テンションが高いせいかいっさい感じない。

あのあと、町で孤児院の子たちと一緒に、子供たちを中心にミニバターロールを配ったんだけど、これが予想を上回る大好評だったの！

みんなの『おいしい！』て笑顔が本当に最高だった！

そこまでは予想の範疇《はんちゅう》だったんだけど、大半の子供たちが『家族にも食べてほしいから、どこで手に入るか教えてほしい』って言ったのは少し予想外だったかな。

このパンは私が焼いたもので、近くお店をやる予定だと伝えたら、ほとんどの子が『そのお店の情報を教えて』と言ってくれたから、パンと一緒にチラシも配るといいかもしれない。

あとは——あんなにも家族にも食べてほしいと思う子がいるなら、その場で食べるものとは別に、袋詰めパンも配るといいかも。お持ち帰り用ね。

あ、どうせ袋詰めするなら、数種類のパンを入れるといいかも。ミニバターロールだけじゃなく、スライスしたバゲットと……いや、バタールにする？　コッペパンもいいよね。

はじめてのバターロールには驚いていたけど、案外すんなりと受け入れてくれたから、子供たちに配る用のパンはもう一段階奇抜なものにしてもいいかもしれない。

となると、次は——。

あれこれ考えながら歩いていた——そのときだった。樫《かし》の木の下になにか大きなものがいるのを視界の端に捉《とら》えて、私はビクッと身を弾《はじ》かせた。

「え……？」

なに？　獣？

咄嗟《とっさ》にカバンの中に手を入れて、護身用の魔法銃を握る。だけど、その塊はピクリとも動かない。

私はもう片方の手でランプを高く掲げて、目を凝らした。

「えっ⁉」

ランプの光に反射した、なにか白いもの——あれは甲冑《かっちゅう》に見えるんだけど気のせいだろうか？

ずいぶん汚れているけれど、純白に金の装飾がされてるように見える。聖騎士の甲冑じゃない？

塊の横に転がっているのは兜《かぶと》に見える。その横には大きな盾も。

っていうか、人だ！　人だよね⁉

「う、嘘《うそ》！　やだ！　大丈夫ですか⁉」

私は慌ててその塊に駆け寄った。

近くで見ると、汚れて傷だらけだけど、やっぱり純白に金の装飾——聖騎士の甲冑だ。

被っているマントももとは純白だったはずだけれど、煤《すす》と泥と赤黒いなにか、青紫色のなにか、緑色のなにかで無残なほど汚れている。

でも、間違いない。人だ。聖騎士さまだ。木に背中を預けるようにして倒れている。

「聞こえますか⁉　しっかりしてください！」

ひどい有様だ。はたして生きているのだろうか？

傍らに膝《ひざ》をついて、私はその人の頬に触れた。

「っ……！」

瞬間、ドクンと心臓が跳ねた。

なんて美しい人なんだろう……！

ひどく汚れているうえに、固く目を閉じているのにもかかわらず、それでも圧倒的に、絶対的に、そして奇跡的に美しい。

サラサラのクセのない銀髪。同じ色の長い睫毛《まつげ》が、白くなめらかな肌に繊細な影を落としている。引き締まった精悍《せいかん》な頬に、まっすぐ通った鼻筋。薄くて形のよい唇。

座っていてもわかる長身、甲冑とマントの隙間から見える部分だけで、細身ながら鍛え抜かれているのがわかる無駄のない体躯《たいく》。

このまま美術館に飾っておきたいほど美しい――！

「あ、あの！　大丈夫ですか⁉」

頬は温かい。口もとに手をやれば、か細くとも吐く息がちゃんと掌《てのひら》を熱くする。――生きている。

どこか怪我《けが》でもしていたらと思ったけれど、思い切ってその身体を揺する。

「聖騎士さま！　しっかりしてください！」

「う……」

男性が眉間《みけん》にしわを寄せて、小さく呻《うめ》く。ああ、そんな表情ですら息を呑《の》むほど美しい。

「聖騎士さま！」

あなたみたいなとんでもなく綺麗《きれい》な人が、お外でうっかり意識失ったりしちゃダメですって！

別の事件が起きちゃうから！

必死に呼びかけると、男の人がうっすらと目を開ける。私はギョッとして身を引いた。

黄金《きん》――!?

待って？　黄金色の瞳《ひとみ》!?　でも黄金色って、この世界では主神――つまり太陽神ソアルの色で、太陽神の血を受け継ぐ王族のみがその身に持つとされていたはずだけど!?　な、なんでこの人が!?

ま、まさか王族の方とか!?　いや、それはないはず。存命中の王族の方々はみなさま金髪金眼で、銀髪の人はいらっしゃらなかったもの。

ってか、そもそも王族の方がこんなところで泥と謎の液体まみれになって倒れているはずがない。ありえないありえない。

きっと、ランプの光の加減で黄金に見えているだけだ。実際は、榛《はしばみ》色とか琥珀色《こはくいろ》なんだろう。そうに違いない。

「…………」

そう無理やり自分を納得させていると、その目がようやく焦点を結ぶ。

「……あ……」

「大丈夫ですか!?　わかりますか!?」

「……！　……え……？」

男の人はぼんやりと私を見つめると、のろのろと手をあげて目もとを覆った。

「あ……。わ、たし……は……」

ひどくかすれた、小さな声。上手《うま》く聞き取れない。私は男の人に顔を近づけた。

「大丈夫ですか？　どこか痛いところはありませんか？」

男の人がかすかに首を横に振る。

「痛い……ところも、怪我も……ない……です……。すべて……魔、物と……魔獣、の……」

えっ⁉　このいろいろな色の謎の液体、魔物の血なの⁉

で、でも、このあたりに魔物なんていないけど？　魔物が出没するのはもっと辺境の地のはず。

それに、精霊と心を通わせたヒロインがいるから、精霊の加護によって魔物なんてもうほとんど見かけなくなってるはずでしょう？

思わず首を捻《ひね》ったけれど、今はそんなことを気にしている場合じゃない。そんな疑問なんかより先に解決すべきことがごまんとあるわ。

「こ、こ……は……？」

「アシェンフォード公爵領ですよ。ベイリンガルの町はずれの森です」

「アシェン……ド？　ベイリン……ガル……。ずいぶんと……座標が、ズレたな……」

座標？　あ、なるほど。そういうことか。魔物を討伐した場所から、魔法で移動してきたんだ、この人。それで、思わぬ場所に出ちゃったと。

えっ⁉　ってことは、体力と魔力が底をついてしまって行き倒れてたってこと⁉

それなら——！

私は勢いよく立ち上がった。

「待っててください！　私の家、すぐそこなんです！　魔法薬《ポーション》を持ってきます！」

「……え……？」

男の人が少し戸惑った様子で私を見上げる。

「で、も……魔法薬、は……」

うん、わかるよ？　魔法薬ってそこそこお値段がするものだもんね。

でも、非常時のためにって用意しておいたものだもの。この非常時に使わなくていつ使うの？

「大丈夫ですから！　待っててください！」

私はそう叫んで、急いで家へ。

そして、戸棚の魔法薬をひっつかむと、男の人のもとに駆け戻った。

「はい、飲んでください！　ゆっくりですよ！」

蓋《ふた》を開け、瓶の口を男の人の口もとに当てる。

一瞬迷う様子を見せたものの——すでに開封してしまった以上、ここで飲まなかったらそれこそ高価な魔法薬が無駄になってしまう。男の人は小さく「すみません……」と呟《つぶや》き、ゆっくりとそれを飲み干した。

「っ……」

男の人の身体がほんのりと淡く発光する。

でも、それも一瞬のこと。すぐに光が収まり、男の人がふぅっと大きく息をついた。

「ありがとう」

「……！　い、いえ……」

う、わ……！　血色がよくなったら、顔面の破壊力がさらに上がったんだけど。

まだ疲れが残っているのか、少し気だるげなのが逆になんとも色っぽくて、妙に照れてしまう。

男の人は自分の身体をたしかめると、すらりと立ち上がった。

「――うん、いいな。これなら、なんとか主神殿まで飛べそうだ」

「は⁉」

とんでもない言葉に、続いて立ち上がりかけていた私は声を上げた。

「しゅ、主神殿⁉　聖都のですか⁉」

聖都とは、王都の北東に隣接する小さな都市。正式名称はヴァティカードって名前なんだけど、一番の大神殿――主神殿があり、そしてそこは世界樹と呼ばれる大神官さまがおわす場所であり、ヴァティカードは王家の直轄領でありながら神殿による自治が認められていることなども含めて、聖なる都――聖都と呼ばれている。

いやいや！　ここから聖都って、馬車で二週間もかかる距離なのよ⁉

魔力とか、魔法とか、アヴァリティアが魔力を持っていないし、魔法も使えないから、それほど詳しくないけれど、それでもここから聖都まで飛ぶなんて――とんでもなく無茶だってことぐらいはわかる。いや、本当に。魔法薬でいくらか回復したとはいえ、さっきまでぶっ倒れてたんだよ？

そんな人の口から出ていい言葉じゃないから！

「はい。私は聖騎士ですから。主神殿に討伐完了の報告をしないと……。そして一刻も早く、次の討伐先に向かった仲間のもとに戻らないと……」

「え？　みなさまは、休む間もなく次の討伐先に向かってらっしゃるんですか？」

ど、どうして？　さっきも言ったけど、精霊と心を通わせたヒロインがいるから、精霊の加護で魔物なんてもうほとんど見かけなくなってるはずでしょう？　休む間もなく、次の討伐先に向かわなきゃいけないなんて――いったいどういうこと？

首を傾《かし》げていると、男の人が胸に手を当てて恭しく頭を下げた。

「申し遅れました。私はアレンと申します。本当に助かりました。このご恩は必ず」

「えっ⁉　いや、そんなご恩だなんて……大袈裟《おおげさ》です。魔法薬を渡しただけですし……」

「いえ、本当に助かりました。私にできることがあれば、なんでもおっしゃってください」

な、なんでも？　なんでも⁉（ゴクリ）

そ、その美貌《びぼう》でその言葉はものすごく危険というか……もう二度と言わないほうがいいと思う。

前世から二次元にしか興味がないヲタクなうえに（中身は）アラサーですでにいろいろ枯れ果てた喪女の私ですら、思わず生唾《なまつば》呑み込んじゃったもの。

私はコホンと咳払《せきばら》いを一つして煩悩を振り払うと、あらためて男の人――アレンさんを見上げた。

「主神殿まで行かれるんですよね？　じゃあ、うちでご飯を食べて、休んでいってください」

「え……？　いや、でも……それは……」

「しっかりと回復してからにしましょう。また体力や魔力が足りなくて、違う場所に出ちゃったらどうするんですか？　そのまま、また行き倒れて――今度は誰にも見つけてもらえなかったら？命にかかわりますよ？」

「っ……それは……」

「ご飯を食べて、一晩しっかりと休めば、なんとか――なんて言わず、確実に主神殿まで飛べるぐらいには回復するんじゃないですか？」

いや、それでも無茶な距離だとは思うんだけど。

なんにせよ、万全じゃない状態で無茶をするより一晩休んでできるかぎり回復してからのほうが絶対いいに決まってる。

「……それは……そうですが……」

「先に次の討伐場所に向かい、命を賭《と》して戦っていらっしゃる仲間のみなさまのために、あなたは一刻も早く戦える状態で戻るべきです。違いますか？」

私の言葉に、アレンさんがハッとした様子で身を震わせる。

「いくらみなさまがお強くても、魔物相手に絶対なんてありません。無茶をして、また行き倒れて、時間をロスしてしまった間に、誰かが怪我をされてしまう――最悪命を散らしてしまうことだってありえます。そうでしょう？」

「…………」

「アレンさんの安全だけの話ではありません。仲間のみなさまを思えばこそ、ここで休息を取ってしっかりと体力を回復すべきです。急がば回れですよ」

重ねて言うと、アレンさんはようやく観念したように息をついた。

「……お世話になってもよろしいでしょうか？」

「はい、もちろんです！」

おいしいパンをごちそうしますね！

◇＊◇

「う、美しすぎませんか……？」

「は……？」

アレンさんがなんのことだとばかりにパチパチと目を瞬《しばたた》く。

いや、無自覚⁉　湯上がり姿の破壊力ったらないんだけど⁉　濡《ぬ》れ髪《がみ》の色気のすさまじさよ！

そして、ヨレヨレのシャツを着ていても微塵《みじん》も損なわれないかっこよさ！　どういうことなの⁉

無理に誘っておいてなんだけど、あなたはうかつに誰かのお世話になったりしちゃダメですね。

こんなの間違いが起きないほうがおかしい。相手がヲタク喪女の私でよかったですね。

「……いえ、なんでもないです。失礼しました。ちょうどこちらもできましたよ」

私はにっこり笑って、ほかほかと白い湯気が上がるお皿をテーブルに置いた。

「自家製ドライトマトのクロックマダムとミネストローネスープです」

クロックマダムとは、クロックムッシュのうえに目玉焼きを盛りつけたもの。

そしてクロックムッシュとは、一九一〇年あたりにフランスのオペラ座近くのカフェで作られたホットサンドウィッチの一種だ。パンにハムとチーズをはさんで、バターを落としたフライパンで両面を軽く焼いたもの。さらにそのうえにベシャメルソースやモルネーソースを盛るのが一般的。

名前は『かりっとした紳士』という意味で、その由来は一説には食べるときに音がして上品ではないため男性専用とされたから。あとは、食べたときのカリッという音（フランス語でクロッケ）からとも言われている。日本でも人気で、パン屋やカフェでよく見られるメニュー。

この『自家製ドライトマトのクロックマダム』は、パンにハムとチーズのほかにドライトマトと生バジルをはさんでバターで焼いて、ベシャメルソースをたっぷりかけて目玉焼きを載せたもの。すぐにエネルギー変換される炭水化物――パンとベシャメルソースの小麦粉。卵とハムとチーズ、ベシャメルソースのミルクでたんぱく質もしっかりと。ドライトマトでリコピンや鉄分、ビタミン、生バジルでもビタミン、さらにβ - カロテンやたくさんのミネラル。

ミネストローネもトマトをはじめとするたくさんのお野菜と豆類を使っているから、ビタミンやミネラルをしっかり摂取できる。――うん、我ながらいいメニューだ。

行き倒れてたんだから、最初はパン粥《がゆ》みたいなあっさりしてて食べやすいもののほうがいいかなと思ったんだけど、よく考えたら魔法薬飲んでるからある程度回復しているわけだし、それなら食べ応えがあって、お腹に溜《た》まって、しっかりエネルギーをチャージできるメニューのほうがいいんじゃないかなって。

「熱いのでお気をつけて」

「ありがとうございます……」

アレンさんは律儀に頭を下げて、椅子に座ると――不思議そうにクロックマダムを見つめた。

「これって、パン……ですよね？」

「はい、そうですね」

「パンをナイフとフォークで食べるのですか？」

「はい、この料理はとても熱いので」

ベシャメルソースと半熟目玉焼きでベタベタになっちゃうしね。

しかし、どうやらその答えでは納得できなかったらしく、アレンさんは眉《まゆ》をひそめる。

「パンに食事用のナイフの刃が入るんですか？　この分厚さのものをさらに二重にして？」

あ、そっちか。ああ、そうだよね。この世界のパンはナイフとフォークでは食べられないよね。

なにかでふやかさないかぎりは。

「大丈夫です、入りますよ、私のパンは特別製ですから」

「特別製？」

「ええ、冷めないうちにどうぞ」

特別製の意味がわからないからだろう。アレンさんはクロックマダムに戸惑いの目を向けるも、そこはさすが聖騎士さま。出されたものを拒否するような罰当たりな真似《まね》をするつもりはないのか、意を決した様子でナイフとフォークを手に取った。

「え……？　切れた……！」

簡単にサクリと切れたことに驚き、アレンさんが目を丸くする。

断面からトロリとチーズが溢《あふ》れ出て、なんとも官能的にベシャメルソースと絡まる。

そして、ふんわりと鼻をくすぐるパンの香ばしさとトマトとバジルの香り。

「――っ！　お……おい、しい……？」

え？　疑問形？

一瞬心配するも――アレンさんはすぐさま私を見上げて、力強く言った。

「す、すごくおいしいです！　白いソースがなめらかで、濃厚かつクリーミーで、熱々トロトロで！　チーズも卵の黄身もトロリとしていて、でもパンは……信じられないほど柔らかいのに、表面はカリッとザクッとしていて！　なんですか？　これは！」

あ、よかった。ちゃんとおいしかったんですね。口に合わなかったらどうしようかと思った。

ですから、パンです。クロックマダムです。

「ハムとチーズの塩気にトマトの酸味と甘み、バジルの香りが爽《さわ》やかで……それぞれが濃厚な白いソースと卵との相性がとてもよくて……おもしろいですね。一口で、こんなにもいろいろな味と食感が楽しめるなんて。こんな料理、はじめて食べました」

そこでいったん言葉を切り、アレンさんはクロックマダムをまじまじと見つめた。

「なによりパンが……パンがほんのり甘い……？　そんなことがあるのか……？」

ああ、そうか。この世界のパンはかなりしっかりとした塩味だもんね。砂糖が高価っていうのもあるけれど、長期保存に向く味付けになっているから。孤児院の子供たちは柔らかさにばかり意識がいってたみたいだけど、ほんのり甘いってところも実はかなりの驚きポイントだよね。

私は戸棚からパン籠《かご》を取り出し、アレンさんの前に置いた。

「その料理に使ったのは、このパンです」

「っ……⁉　白い⁉」

籠の中には、自慢の自家製レーズン酵母で焼いた角食――四角い食パン。

アレンさんは唖然《あぜん》として口を開け――それから「触ってもいいですか？」と確認すると、角食に手を伸ばした。

「うわ……！　柔らかい……！　ふかふかだ！　これがパンですか⁉」

「そうなんです」

「こんなパンがあるんですか……」

心底驚いたといった様子で呟《つぶや》いて――アレンさんはふと手の中の角食を見つめた。

「あの……この一枚、食べてみてもいいでしょうか？」

「ええ、もちろんです。バターかなにかつけますか？」

「いえ、このままで。このまま食べてみたいです」

アレンさんがそう言って、角食を小さくちぎって口に入れる。

「これは……！　クロックマダムとまた歯ごたえが違いますね！　すごく柔らかい！　しかも、ただ柔らかいだけじゃなくて、なんて言うか……水分を多く含んでいる感じがします……」

アレンさんが目を丸くして、手の中の角食をまじまじと見つめる。

「そして、やっぱりほんのりと甘い……」

さすがに語彙《ごい》力が子供たちとは違う。そして、もしかするとアレンさんは味覚が鋭いかもしれない。感想がすごく的確だ。

「こんなパン、食べたことがありません！　これはいったい……」

「それは私が焼いたパンなんです」

問いに対して答えになっていない言葉だったけれど、アレンさんが息を呑《の》んで私を見る。

「あなたが⁉」

「はい、近くお店を開こうと思ってるんです」

アレンさんが「お店を？」と言って、手の中の――最後一口だけ残っている角食を見つめた。

「王都にですか？　このパンなら爆発的に売れるでしょうね。それこそ貴族専門のお店なら利益も出しやすいかと……」

「いいえ、この町にですよ」

「は？」

予想外の言葉だったのか、アレンさんがパチパチと目を瞬いた。

「え？　でも、お値段がかなりするのでは……」

「いいえ。たしかにいつものパンよりは少し高くなるかもしれませんが、毎日の食卓に欠かせないものにしたいので、町のみなさんが出せないようなお値段を取るつもりはありません」

「は⁉　それで採算が取れるんですか⁉」

「ええ。その計算です」

二年間かけた石窯《いしがま》の開発費とか、砂糖の仕入れルートの開拓とか、そういったものまで含めると少し時間はかかるだろうけど、でも売れさえすれば何年かで回収はできると思う。

「このパンが、安い……？」

「はい。実は、普通のパンよりも材料費が大幅に高いってことはないんです」

これは本当。実際、小麦粉で作った無発酵パンは紀元前四千年ごろに――その生地を発酵させて焼いたパンは紀元前三千年ごろの古代エジプトにすでにあったと言われている。

それがギリシャへと渡って――ワインの製造技術でもってさらに改良されて、バターや牛乳、果実などを加えたリッチなパンも作られはじめるの。これが菓子パンの起源ともいわれているわ。

それから、パンはローマ帝国へ。ローマではあちこちに製パン所が作られて、パンの大量生産もはじまったの。

そのころのパンは、この世界の罰ゲームパンとさほど変わらない、塩味のキツい硬いものだったらしいんだけど、その材料自体は今と大きく違わないの。それこそ古代エジプト時代からほとんど変わってない。

じゃあ、現在のパンはどうやって生まれたのか。いったいなにが昔と違うのか。

大きいのは、十七世紀になって、微生物が発見されたこと。そして十九世紀になって、微生物の研究が進んで発酵のメカニズムがあきらかになったこと。そしてイーストの開発。

それによるパンの焼き方の変化と、オーブンの技術躍進よ。

つまり、発酵の極意としっかりしたオーブンさえあれば、中世ヨーロッパのようなパンしかないこの世界でも、現在の日本と同等のパンが焼けるってわけ。

「…………」

よほど信じられないのか――アレンさんが絶句したまま、目の前のクロックマダムとパン籠の角食を交互に見つめる。

まぁね？　わかるよ。この世界のパンしか知らなかったら、これが同じ材料からできてるなんて思わないよね。不思議で仕方ないよね。

でも、本当なのよ。むしろ、材料がほとんど変わらないからこそ、なんとかしたかったの！

せっかくの材料を、あんなマズい罰ゲームパンを作るために消費してほしくなかったのよ！

「…………」

――不思議といえば。

私はふと唇に手を当てて――アレンさんの向かいの席に座った。

「あの、アレンさん。私も一つ質問していいですか？」

「え？　あ、はい。もちろんです。どうぞ」

「その、この二年で出没する魔物の数はかなり減っているかと思うんですが……アレンさんはなぜ行き倒れるほどボロボロになってしまったんですか？　しかも、仲間のみなさまも休むこともなく次の討伐地へ向かわれたとのこと。どう考えてもおかしいと思うんですが……」

「はい？　この二年で、魔物の数が減ってるって……それはどこの情報ですか？」

「え……？」

まさかの返答に、ポカンと口を開ける。え？　なに言ってるの？

「だって、六大精霊の加護を得た聖女が現れたでしょう？」

水・風・火・大地、そして光と闇――六大精霊の加護をヒロインが得たはず。

基本的にどのルートでも、そうしてヒロインは聖女として覚醒《かくせい》する。

今回の王太子ルートでは、クリスティアン王太子殿下の卒業直前にヒロインが六大精霊のうちの一精霊に気に入られるの。それが殿下がアヴァリティアとの婚約破棄を決断する大きなきっかけの一つとなる。

殿下が卒業して――エピローグで語られるのは、ヒロインが最終学年に進級後しばらくして、その一精霊から六大精霊全員と交流を持つことに成功し、聖女として覚醒。

そして、卒業と同時に殿下と婚約。

聖女として、次期王妃として、民から愛され――末永く国を守っていったというハッピーエンド。

だから、殿下の卒業から二年、ヒロインの卒業から一年経《た》った今、ヒロインはすでに聖女として覚醒しているはずだし、クリスティアン王太子殿下とも婚約しているはずなのよ。

「なんの話ですか？」

あ、あれぇっ⁉

「あ、新しく王太子殿下の婚約者となられたアリス・ルミエス嬢のことですよ。彼女は精霊たちと心通わせられたはずですが……」

「アリス・ルミエス？」

アレンさんがうーんと唸《うな》りながら、記憶を探る。え？　そんなに苦労しないと出てこないの？

自国の王太子殿下の婚約者だよ？　しかも平民からだから、かなり話題になったんじゃないの？

けれど、アレンさんはたっぷり三分以上沈黙して――ようやく「ああ」と呟いた。

「もしかして、王太子殿下が執心してらっしゃるっていう……」

「そ、そうです！　殿下と婚約されたでしょう？」

「いいえ、そんな話は聞いていませんが」

「ええっ⁉」

私は思わず立ち上がった。

「まさか！　そんなわけありません！」

「そう言われましても……。アリス・ルミエス嬢が精霊と心を通わせられるなんて話は、はじめて聞きました。失礼ですが、その情報はどなたから……」

「あ……」

私は一つ息をつくと、「申し遅れました」と恭しく一礼した。

「わたくしは、アヴァリティア・ラスティア・アシェンフォードと申します」

「……！」

頭の先から靴の先まで気を遣った、公爵令嬢としての上品かつ美しい振る舞いに、アレンさんが息を呑む。

「あなたが……アシェンフォード公爵令嬢……？」

「元、ですけれど」

私は頷《うなず》いて、胸に手を当てた。

「情報は、婚約破棄直前に、わたくし自身がアリス・ルミエスと王太子殿下から伺いました」

嘘ではない。シナリオどおり、私はヒロインが精霊と話してる現場を見たし、王太子殿下からも、ヒロインは精霊にも愛される美しき心の持ち主だと称賛の言葉を聞いている。

身分や立場がものを言う世の中は、私自身はあまり好きではないけれど――でも実際、町外れの森の中に住む民が口にするどこから聞いたかもわからない噂話と、王太子殿下の婚約者だった公爵令嬢が殿下自身から直接伺った言葉とではやはり信用度も説得力も違う。

アレンさんは「急ぎ、確認します」と言って、真剣な眼差《まなざ》しで私を見つめた。

「たしかな情報としまして、私が討伐のために聖都を離れたのは三ヵ月ほど前のこと。その時点で、王太子殿下はアリス・ルミエス嬢と婚約はされていませんでした。そして、アリス・ルミエス嬢が精霊と心通わせられるとの情報につきましても、その時点で神殿は把握しておりませんでした」

「そう……ですか……」

アレンさんが嘘をつく理由なんてない。だからきっと――それが正しいんだろう。

どういうこと？　シナリオどおりなんのくるいもなくエンディングまでたどり着いたはずなのに、どうしてエピローグにズレが生じているの？

「そもそもこの二年間で、魔物の出没件数は減るどころか増えております」

「えっ？　そうなのですか？」

「はい。いたずらに不安を煽《あお》ることになりかねないのであまり言いたくはないのですが、実は聖騎士に十分な休息を与えることができないほどになっているのです」

「……！　それで、討伐地から直接次の討伐地へ赴くなんてことに……」

「はい。ですから、アリス・ルミエス嬢が本当に精霊と心を通わせることができたのだとしても、聖女として覚醒してはいません。それは確実です。六大精霊の加護を受けた聖女が存在するなら、聖騎士が満足な休息を取れないほどに魔物が増えるはずがありませんから」

「………」

アレンさんの言うとおりだ。

二年間、パンのことだけを考えてきた自分を反省する。

ああ、もう！　私の馬鹿！　なんで気を抜いたりしたの？　まだエピローグが残ってるんだから、ヒロインの動向に、ストーリーの進行に、最後までちゃんと気を配っておきなさいよ！

一年間は神殿にこもってたから、俗世の話題に疎かったとしても、こちらに戻ってきてからならいくらでも情報を集めることはできたのに！

でも、正しくエンディングを迎えたのにエピローグにくるいが生じるなんて思わないよね……。

「そういう事情なら、なおさら食事と休息を強要してよかったです」

私は微笑んで、アレンさんと――あと二口ほどになったクロックマダムのお皿を見た。

「足りますか？　よろしければ甘いものなどいかがです？　余っているので、食べていただけると嬉《うれ》しいのですが」

「甘いもの、ですか？」

「ええ、パンプディングというんです」

「パン……プ……？　またはじめて聞くものですが、パンという名前がついていることからして、もしかして甘いパンなのですか？」

そのとおり。パンプディングとは、もともと硬くなったフランスパンのアレンジとして作られたデザート。

簡単に言うと、プリン液に一口大にちぎったバゲットを浸して十二分に吸わせてからオーブンで焼いたものだ。

昨日、なぜだか猛烈に食べたくなって、たっぷり焼きりんごを入れてシナモンをきかせたものを作ったんだけど、いかんせん量が……一人で食べるには多すぎたのよね……。

「ええ、そうなんです。パンのデザートです。とってもおいしいですよ」

「パンのデザート……！　食べてみたいです。ごちそうになります」

「よかった！　準備しますね！」

私はにっこり笑って、冷蔵庫へと向かった。

「……どういうことなの……？」

パンプディングを取り出しながら、小さく呟《つぶや》く。

わからない。いったいなにが起きているのだろう？

どうしてエピローグが正しく進んでいないのだろう？

「たしかめなきゃ……」

一度、アシェンフォード公爵家に戻る必要がありそうだわ。

第二章　パンで猫が釣れました？

「ティア!?　ティアじゃないか！」

げんなりしつつ部屋に入ると――カウチに横になっていた男性が弾《はじ》かれたように起き上がった。

「玄関ホールのほうが騒がしいなと思ってたら！」

そのまますばやく立ち上がって、駆け寄ってくる。

一つにまとめた腰まである艶《つや》やかな黒髪に、鋭くも色香溢《あふ》れる緋色《ひいろ》の双眸《そうぼう》――。攻略対象たちに勝るとも劣らぬ美貌《びぼう》の青年。年齢は現在二十六歳。

アルザール・ジェラルド・アシェンフォード。七つ年上の――アヴァリティアの兄だ。

うわ……。また面倒臭いのがいる……。

「どうしたんだい？　――ああ、そうか。なるほど。ようやく家に帰ってくる決心をしたんだね？　嬉しいよ！」

「あ、いえ、そういう……」

わけではないのだけれど。

しかしその言葉は最後まで言わせてもらえない。

それよりも早くガバッと抱き締められ、そのままマシンガントークがはじまってしまう。

「ああ、ティア。僕も父上も母上もどれだけ寂しかったかわかるかい？　いや、僕らだけじゃない。使用人たちもだよ。みんな、ティアの気持ちが変わるのをずっとずっと待っていたんだ」

――でしょうね。出迎えた執事もメイドたちも、私を見た瞬間泣き崩れたもの。

彼らをなだめるのに三十分もかかったんだから。

「ティアが泣いて頼んだから、形だけでもと勘当したけれど、全然帰ってきてくれないんだもの！　どれだけ後悔したことか！　そもそもティアはなにも悪くないじゃないか！　それなのに、辺境の神殿で一年間も必要のない奉仕活動をしたあげくに、アシェンフォードの領地に帰ってきてすら、あんな森の中の小さい小屋で暮らすなんて！　もっと自分を大切にしておくれよ！」

い、言いすぎじゃない？　小屋って……。あの家、かなり居心地いいんだけど……。

それに、自分を大切にしてないなんてこともない。私も、キツい強制労働を想像していたけれど、神殿って超絶ホワイトだったもん。え？　罰がこんなんでいいの？　って何度思ったことか。

そもそも、泣いて頼まないと勘当してもらえなかったのもおかしいんだけどね？　シナリオでは、『アシェンフォードの名に泥を塗るなんて！　顔も見たくない！』って感じで即勘当だったのに。

「あの、お兄さま……」

「今夜のディナーはティアの好きなものをたっぷり作らせよう。またティアのために腕を揮《ふる》えて、シェフも喜ぶよ。ああ、そうだ。新しいドレスとアクセサリーも必要だね。明日、すぐに仕立屋と宝石商に来てもらおう。それから……」

あー！　待って待って！

「お兄さま、落ち着いてくださいませ」

これ以上話が進んでしまうと、もっと面倒臭いことになる。私は慌ててお兄さまを止めた。

「わたくし、明日の朝には帰りますから」

だって、家からここまで馬車で一日半かかるんだよ？　往復で三日。長居なんてしてられないよ。やることいっぱいあるのに。

「え？　どこに帰るって言うの？　君の家はここだよ？」

お兄さまが『なにを言っているんだ』とばかりに眉《まゆ》を寄せる。

「あんな辺鄙《へんぴ》な森の中で一人で暮らすなんて、完全に僕のアヴァリティアの無駄遣いじゃないか！　もうやめよう、ティア。あてつけってのは、残念ながら相手にそれを理解するだけの知能がないと意味をなさないんだよ。つまり、ミジンコレベルのやつには通用しないんだ。わかるかい？」

ミジンコレベルのやつって……もしかして王太子殿下のこと？　な、なんて暴言を……。

「それでも悔しいって言うなら、僕があの愚か者どもを全員ぶっ殺してあげるから！　ねっ？　ねっ？　じゃない！　その『愚か者ども』の中には王太子殿下も含まれてるんでしょ？　発言が完全に反逆罪なんだけど！

私は額に手を置いて、はぁ～っと深いため息をついた。

「そろそろ妹離れしましょうよ……。お兄さま……」

もういいお歳《とし》なのに独り身なのは、そのせいもあると思いますよ？

「馬鹿なことを！　僕から妹を取ったらなにが残るって言うんだ！」

「そ、それがダメだって言ってるんですけど⁉　なにを堂々と言ってるんですか！」

ってていうか、あなたからシスコンを取ったら、それこそ完璧《かんぺき》になるじゃないですか！

史上最年少で第一騎士団入りを果たし、在学中に人生経験と称して身分を隠して商会を立ち上げ、その商才をいかんなく発揮して一財産を築き上げ、商会を手放してからもその財産を元手に投資を積極的に行ってアシェンフォード家の資産を倍に増やした。そんなことをしていたにもかかわらず王立学園は首席で卒業。文武ともに超一流、経営手腕においては右に出る者がいない――なんて、できすぎもできすぎ、天に二物どころかすべてを与えられた超天才なんだから！

攻略対象ではないのに顔もスタイルも最高で、能力もハイスペックってレベルじゃないあなたは、実は私の最推しだったんだよ。転生してから、この尋常じゃない病《シスコン》を知って冷めたけれど。

そう。実はゲームでは、アヴァリティア以外のアシェンフォード家の人にスポットが当たることなんてほとんどなかったから、両親と兄によるアヴァリティア溺愛模様《できあい》って描かれていないのよ。それどころか、設定資料集にもそんな記述はなかった。

まぁ、だからこそ、アヴァリティアが勘当されるシーンが成立したんだと思うけれど。彼女への溺愛っぷりがきちんと描かれていたら、あっさり勘当しちゃうなんてどう考えてもおかしいもの。ご都合展開も甚だしいわ。

いいえ、もしかしたら、設定やシナリオがおかしいんじゃなくて、設定資料集には書いていない強烈な個性を発揮しちゃっている両親と兄のほうがおかしいのかもしれないけれど……。

「今日伺ったのは、ほかでもないその王太子殿下とアリス・ルミエス嬢についてなのですけれど」

ツッコミどころ満載だけれど、いちいち相手にしていたら日が暮れてしまう。

ため息をついてそう言うと、お兄さまがふと真顔になる。

「――温室にお茶の用意をさせよう」

そう言って、私の前に手を差し出した。

「…………」

女性はエスコートするもの。貴族男性の当然の嗜《たしな》みとして、考えるまでもなく身体《からだ》が動くように骨の髄まで染み込ませた習慣を目の当たりにすると、やっぱり自分は異邦人なんだなと思う。

もう長いことここにいるけれど、まだエスコートを受けることに対して照れが抜けないもの。

「……少し手が荒れているね。苦労しているのかい？」

おずおずと自分の手を重ねると、お兄さまが少しだけ顔を曇らせる。

私は首を横に振って、にっこりと笑った。

「いいえ、好きなことをやっている結果ですわ」

たしかに、少し荒れてしまっている。毎日小麦粉を扱っているからね。水仕事もすごく多いし。

でも、それって思う存分パンを作れてるってことでもあるから、この荒れはむしろ幸せの証《あかし》だ。

「その笑顔が本物だってわかるから、無理に連れ戻すことができないんだよなぁ……」

「当然です。そんなことしたら、二度と口をきいてあげませんからね」

なにを子供みたいなことを言ってるんだと思うだろうけど、実はお兄さまに一番効く脅し文句はこれだったりするのよね。

案の定、お兄さまは一気に震え上がって、「ぜ、絶対にしないから！」と力強く言う。――うん、なんだろう？　この残念な感じ。

花が盛りと咲く温室。相変わらず華やかで美しい。

ガーデンテーブルにお茶の用意が整ってから、向かいに座るお兄さまはメイドたちを下がらせて、まっすぐに私を見つめた。

「――それで？　なにを訊《き》きたいんだい？」

そうね。まず――。

「王太子殿下とアリス・ルミエス嬢との間に、婚約話は持ち上がりませんでしたの？」

私は少し考えて、ズバリ一番の疑問をぶつけてみた。

「もちろん、恥知らずな殿下は卒業直後からそれについて言及していたよ。ルミエス嬢については直接の接点がないからよく知らないが、同じ気持ちだったんじゃないかい？」

「では……」

「でも、そんなことがまかり通るわけがないだろう。ルミエス嬢は平民だよ？　当然のことながら貴族たちの大反対にあったよ」

「アリス・ルミエス嬢はただの平民ではないでしょう？　聖女の資格をお持ちのはずです」

私がそう言うと、お兄さまは訝《いぶか》しげに眉を寄せた。

「なんだい？　それ」

アレンさんと同じ反応だった。なんでみんな、そこ把握してないの？　重要なところなのに。

「アリス・ルミエス嬢は聖女の資格を有しています。精霊と意思疎通を図ることができますわ」

「そんな話は聞いたことがないな。事実なのかい？」

「もちろんです。実際、わたくしは在学中に彼女が精霊と話している現場を目撃しておりますし、クリスティアン王太子殿下も、『貴様と違って、アリスは精霊に愛される美しき心の持ち主だ』とおっしゃっておりましたわ」

「なんだって⁉」

お兄さまがカッと目を見開き、勢いよく立ち上がる。

「その一言で万死に値する！　よくも僕のティアを侮辱してくれたな！　あのミジンコ王太子！　ちょっと待ってなさい！　すぐに行って殺して来るから！」

「待っ……待って待って！」

重要なのはそこじゃない！

「平民であっても聖女となれば、殿下との婚約になんら問題はないはず。そうでしょう？」

いきり立つお兄さまをなんとかなだめて、もう一度座らせ、問いかける。

お兄さまは苛立《いらだ》たしげにため息をついて、頬杖《ほおづえ》をついた。

「そうだね。反対していた貴族たちも満場一致で婚約を認めるだろう。それが本当なら」

含みのある言い方に、思わず眉を寄せる。

「わたくしが嘘《うそ》をついていると？」

「まさか、違うよ。僕が疑っているのは、ルミエス嬢のほうだ」

考えもしなかった言葉に目を見開く。

ヒロインが、嘘をついている――？

そんな馬鹿な。だってまず、嘘をつく必要がないもの。

だって、ヒロインは間違いなく聖女の資格を有している。そういう設定なんだから！

「王太子の脳がミジンコレベルでも、アシェンフォード公爵家を敵に回すことがなにを意味するかぐらいは理解しているだろう。それは、強大な後ろ盾を失うってことだ。自身の立場が揺らぐってことだ。だからどれほどルミエス嬢を想《おも》っていたとしても、ティアとの婚約破棄はまた別の話で、本来ならそれは絶対に避けたいことのはずなんだ」

それは、私も同意だ。王族の婚姻は政治。本来、惚《ほ》れた腫《は》れただけでできることではない。

「でも、ルミエス嬢が聖女の資格を有しているとなれば話は大きく変わってくる。太陽神ソアルの子孫である王族と、精霊と心通わせる聖女の婚姻は王国のさらなる繁栄を約束するようなものだ。神殿というアシェンフォード公爵家よりも大きな力を手に入れたうえで、民衆からも大きな支持を得るだろう。間違いなく、王太子殿下の権力は盤石なものとなる。我がアシェンフォード公爵家を切っても、お釣りがくるよ」

「そうでしょう？　ですから……」

「だったらなぜ、それを真っ先に提示しなかったんだい？　そうすれば、誰も反対なんかしないさ。さっきも言ったように、満場一致でルミエス嬢との婚約を承認したはずだよ」

「……それ、は……」

「いや、今からだって遅くない。ルミエス嬢が聖女の資格を有している証拠を提出しさえすれば、二人は大手を振って一緒になれる。それなのに、なぜそうしない？」

お兄さまがその双眸《そうぼう》を鋭くする。

「その答えは、『嘘だったから』じゃないのかい？　すべてはルミエス嬢がついた、王太子殿下にティアとの婚約破棄を決断させるための――嘘」

「っ……それは……」

「なるほどね。卒業パーティーでの婚約破棄宣言……。アシェンフォード公爵家相手にずいぶんと大胆なことをしたなと思ってたんだけど、それなら説明がつくね」

お兄さまは納得した様子で頷《うなず》く。

でも――違う！　ヒロインは本当に精霊と心通わせられるのよ！　そういう設定なんだから！

そして聖女にもなるはずなの！　いえ、時間軸的にはすでになっていなくてはおかしいのよ！

それは王太子ルートだけの話じゃない！　すべてのルートにおいて確定事項なの！

「で、でも！　わたくしはたしかにこの目で見ました！　彼女が精霊と話しているのを！」

ゲームどおりの展開を、この目できちんと目撃してる！

だから、ヒロインの嘘なわけがないのよ！

私の言葉に、お兄さまがティーカップをソーサーに置く。

「ティア、そこは正確に。君は精霊を見たわけじゃないだろう？」

「え……？　あ、はい。それはそうですわ。わたくしに精霊を見る力なんてありませんもの」

「そのとおりだ。そこに本当に精霊がいたのか、そしてルミエス嬢と話していたのか、ティアにはわからない。だって精霊が見えないんだからね。君が見たのは、何もないところに話しかけているルミエス嬢の姿だけだ。それじゃ、ルミエス嬢の話が真実であるという証明にはならないよ」

「で、ですが、そのあと彼女の声に応えるように、彼女の周りの花々に水が降り注いで……」

そして、生き生きと生命力に満ち溢《あふ》れた花々が彼女を彩った。

それはそれは美しい――スチルをそのまま再現したシーンだった。

しかしそれも、お兄さまはあっさりと否定する。

「そんなことぐらい、僕でもできるよ」

「は、はい？　できるって……」

あっけにとられる私をよそに、お兄さまは何もない空間を見上げて、にっこりと笑った。

「やぁ、兄弟。久しぶりだね。元気だったかい？　――なに？　今日は機嫌がよさそうだって？　そのとおり、最高さ。なんてったって久々に妹と会えたからね」

そこまで言って、お兄さまが手で私を示す。

「そうさ。彼女が僕の妹――アヴァリティアだよ。美人だろう？」

視線は一切ブレない。まるで本当にそこに見えないなにかがいるよう。

相手の言葉に耳を傾けるような仕草も間ものすごくリアルだ。笑ったり、眉を寄せたり、肩をすくめたりといった反応も。とてもじゃないけれど、独り言とは思えない。

お、お兄さま？　イマジナリーフレンドと会話するのが上手《うま》すぎない？

「そうなんだ……。ずっとここにいてほしいのに、僕だけじゃなくみんながそう思っているのに、明日には帰るなんて言ってるんだよ……。そう！　『帰る』だよ？　ティアの家はここなのに！　ひどいと思わないかい？」

そう言ってため息をついて——しかしすぐにピクンと身を震わせ、宙を見つめる。

そして、お兄さまはぱぁっと顔を輝かせると、私を見た。

「ティア！　大切な友人の妹である君に親愛を込めて、彼がプレゼントをくれるってさ！」

その言葉とともに温室の水路の水が噴き上がり、花火のように散る。

そして、無数の雫《しずく》が陽光を受けてキラキラと煌《きら》めきながら、木々や花々に降り注ぐ。

「わぁ！」

雫を浴びた木々や花々はその色を濃く——鮮やかにし、暖かな陽《ひ》の光の下でさらに輝きを増す。

美しい光景に呆然《ぼうぜん》としていると、お兄さまが「ね？」と笑った。

「僕にもできただろう？」

「い、今のは……」

「ただの演技と水の魔法だよ。精霊っぽく見せるのは少し難しいけれど、でも練習すれば誰にでもできると思うよ。ぶっつけ本番ではじめてやった僕ですら、このクオリティでできたんだから」

「…………」

そ、そうだった。この人、魔法の才能も超一流だった。

私はテーブルの上のティーカップを見つめた。

お兄さまは、ここが乙女ゲームの世界であることを知らないから、そう言う。そう考える。

でも、違う。ヒロインは本当に精霊と意思疎通ができるのだ。

そして、六大精霊に気に入られ――聖女になる。

それは、設定で定められており、どのルートのシナリオにも必ず描かれている確定事項だ。

でも、だったらなぜ、そのとおりになっていないの？

エンディングから二年経《た》ち、本来ならすでに聖女として覚醒《かくせい》しているはずのヒロインが、聖女の資格を有していることすら、誰からも認識されていない。

だからこそ、貴族たちの大反対にあって、王太子殿下と結婚できずにいる。

ヒロインが聖女として覚醒していないから、辺境の地ではまだ魔物が溢れている。

どうして、ここまでのズレが起きてしまっているのだろう？

「なるほどね？　どうりで、最近ミジンコ王太子がやたらとすり寄ってくるわけだ」

「殿下が？」

「そう。それがあまりに鬱陶《うっとう》しくて、休暇を取っちゃった」

「あ……。それで、こちらにいらっしゃったんですね」

おかしいと思った。

第一騎士団にて現在副団長をしているお兄さまは、主君をお守りするため、王国の安全のため、年に一度の夏の休暇以外は王都に詰めているのが常。それ以外で領地に帰ってくることなどない。

それなのに、屋敷にいたからなにごとかと思ったけれど……。

「すり寄って、とは？」

「言葉どおりさ。過去のティアの罪は不問にする。この二年で深く反省しただろうから、公爵家に戻すことも、再び社交界に顔を出すことも許可する。だからお互いに歩み寄るのはどうだろうとか、以前のようにに支えてほしいだとか、回りくどく、遠回しに、ネチネチと！」

「ええっ？　そ、そんなことを？」

「そうなんだよ！　鬱陶しい！　アシェンフォードの怒りを買うことは承知のうえであんな方法で婚約破棄をしたはずなのに、どうして今さらすり寄ってくるんだろうって思ってたんだよね！　でも、ルミエス嬢がそういった嘘をついていたのだとしたら、すべてに説明がつく」

お兄さまはイライラした様子で紅茶を一気に飲み干すと、ガチャンとティーカップを置いた。

「ルミエス嬢が嘘をどう誤魔化したのかは知らないけど、いまだに彼女にご執心なところを見ると、ミジンコ王太子は騙《だま》されたとは思ってないんだろうね。精霊なんてそもそもが気まぐれなものだし、ルミエス嬢も自分もその気まぐれに振り回されたぐらいの認識なのかもしれない。まぁ、とにかく、神殿という大きな後ろ盾も民の支持も得られなかったばかりか、アシェンフォード公爵家を無駄に敵に回してしまった――ミジンコ王太子は実は今、焦っているんじゃないかい？」

「焦って……」

それなら、やっぱりヒロインが聖女の資格を有していることを黙っているのはおかしい。

それさえ公表すれば、晴れてヒロインと結婚できて、神殿という後ろ盾も民衆の支持も得られて、万事解決。すべてが望みどおりになるはずなのに。

「それにしても……そんなくだらないことを確認するために帰ってきたのかい？　いや、もちろん帰ってきてくれたのはものすごく嬉《うれ》しいんだよ？　嬉しいんだけど……ティア？　まさかとは思うけれど、ミジンコ王太子に未練があるわけじゃないよね？」

思ってもみなかった言葉に、私は目を丸くした。

「み、未練？　いやいや、それはまったくもってこれっぽっちもございませんわ」

「本当に？　妙な仏心を出す気もない？」

「それはどういった意味ですの？　よりを戻すということならば、ありえません」

「たとえば、恋愛感情抜きでミジンコ王太子の支援はする――とかも？」

「はい、そのようなつもりもありませんわ」

「じゃあ、これまでどおり、父上も僕もあのミジンコを許す気はない。それでいいんだね？」

「ええ。ですが、わたくしに義理立てする必要はございませんわ。アシェンフォード公爵家として王太子殿下に与《くみ》したほうがよいと判断されたなら、迷わずそうしてくださいませ」

「あのミジンコにそんな価値があるとは到底思えないけれど……ティアがそう言うなら約束しよう。父上も僕も、私怨《しえん》だけで家を傾けるような愚かな真似《まね》はしないよ。そこは信じてくれ」

――ミジンコ王太子から、ついにミジンコになっちゃった。

「それを聞いて安心しましたわ。必ずそうしてくださいませね」

「……それほど念押しをするってことは、ティアはルミエス嬢が聖女の資格を有している可能性があるって、まだ思っているのかい？」

ええ。だって、そういう設定ですもの。

ここは乙女ゲームの世界。それはつまり、ヒロインのための世界と言っても過言ではない。

なにかしらのバグが起こっているのか、現状シナリオどおりに進んではいないみたいだけど――

だからといって設定までなかったことになっているとは思えない。

誰がなんと言おうと、ヒロインが聖女の資格を有していることは間違いないのだ。

でも、それをそのまま口にするわけにもいかず、私は曖昧《あいまい》に笑って頷いた。

「ええ、お兄さま。わたくしにはどうしても、彼女の話のすべてが嘘だったとは思えないのです。

ですから、今後――ルミエス嬢が聖女として認められることがあれば、わたくしのことなど構わず、
王太子殿下とルミエス嬢の婚姻を承認――支持してくださいませ」

「アシェンフォード家のためにだね？　――わかった。約束するよ」

迷いのない返答に、ほっと息をつく。

さて、現状はあらかた把握できた。

問題は、シナリオどおりに進んでいないこの事態をどうするかなんだけど――。

◇＊◇

「とはいえ、悪役令嬢としての役目をしっかりと果たして、シナリオどおりに退場してしまった今、
私にできることなんてなにもないのよね……」

今さら悪役令嬢がしゃしゃり出て行ってアレコレしようものなら、それこそ現在発生中のバグが壊滅的なものになりかねない。

　エンディングまでに私の悪役令嬢としての仕事に不備があったのなら、この状況を動かすために介入することもありえたかもしれないけれど、ほぼ完璧《かんぺき》だったからなぁ。仮に介入するとしても、これ以上悪役令嬢としてなにをするのかって話なのよね。

「結局のところ、現状は見守ることしかできないってことよね……」

　さて、どうしたものか……。

　はぁ～っと深いため息をついていると、広場の端にいたリリアが空になった籠《かご》を振った。

「お嬢さまぁ！　試食のミニバターロールなくなった～！」

「え？　もう？」

「あ！　こっちも～！」

「こっちもこれで最後～！」

　リリアの声に、広場のあちこちで孤児院の子たちが手をあげる。

「は、はーい！　ちょっと待ってねー！」

　その周りでは、子供たちがミニバターロールをおいしそうに食べている。

「うめぇ！」

「ふかふかで甘ぁ～い！」

「これ、本当にパンなの？」

そうだそうだ、ぼ～っとしてちゃダメじゃない。せっかく孤児院の子たちに手伝ってもらって、第二回試食のパン配りをやっているところなのに。

次のパン作りに、お店作りに生かすために、ちゃんとパンを食べた人たちの反応を見てないと。

「ねぇ、もうないの？　ママにも食べさせてあげたいんだけど……」

「本当？　じゃあ、これをどうぞ」

リクエストしてくれた男の子ににっこりと笑いかけて、小さな紙袋を手渡す。

「今食べたミニバターロールってパンが二つとプチフランスってパンが一つ入ってるから、ママと一緒に食べてね」

「やったぁ！　ありがとう！」

男の子がぱぁっと顔を輝かせて、紙袋を手に走り出す。

「中にメモが入ってるから、ママにちゃんと読んでもらってね！」

その背中に声をかけると、「わかった～！」ととってもいいお返事をしてくれる。

メモには、試食として配っているパンであること、スープや飲みものに浸さず食べてほしいこと、本日中に食べ切ってほしいこと、そして近々このパンを売る店をＯＰＥＮさせる予定であることが書かれている。

『エリュシオン・アリス』の世界は、十九世紀半ばのヨーロッパをモデルとしているけれど、平民の識字率は二十一世紀の日本レベルに高かったりする。そこはそれ、ゲームを進めるうえでノイズにならないよう調整されている部分なんだと思う。

今のところ「うちのママ、字が読めないんだけど……」と言った子はいない。

ちなみにこの国——エリュシオン王国の言語はエリュシオン語という設定で、見た目はミミズがのたくったような文字。

もちろん、ゲームにおいてキャラクターたちはみんな日本語を話していたし、今だって日本語を話しているように聞こえる。私も日本語を話している感覚だ。

これはどういうことかと言うと、この世界の人たちは日本語を話してるんじゃなくて、エリュシオン語を話しているんだけど、自動的に日本語に翻訳されて聞こえているみたいなの。

もちろん、私が話す言葉もすべてエリュシオン語に翻訳されて、みんなに伝わっているよう。

あくまでも、この国の言語はエリュシオン語という設定があるから。

ちなみに文字は読めるのかというと——これが読めるのよね。やっぱり頭の中で自動翻訳されて理解できるの。

それだけじゃなくて、なんと書くこともできるのよ。書きたい内容を思い浮かべれば、どういうミミズを書けばいいかがわかるの。すごいでしょ？　設定って本当に便利！

こんなふうに設定によるつじつま合わせが行われている部分がたくさんあるからこそ、やっぱりここは間違いなく乙女ゲームの世界なんだって確信できるし、ヒロインが聖女になるって設定も、絶対なかったことにはならないと思ってる。

だって、ここは乙女ゲームの世界なんだもの。

そもそも、ヒロインのためにある世界と言っても過言じゃないんだから。

だから、大丈夫。上手《うま》くいくはず。そう信じよう。

心配したところで役目を終えてしまった私にできることなんてないし、下手に手を出すのは逆に危険だ。ズレが致命的なものになりかねない。

当初の予定どおり、私は私のやりたいことをやろう。

そのために、悪役令嬢を演じ切ったんだから！

私は気持ちを切り替えて、木のフードテナーから試食用のパンを籠に補充しているリリアを見た。

「あれ？　試食用はもうそれだけ？　早いね。お持ち帰り用はあとどのぐらいかな？」

「ここにはもうないみたいだから、えーっと……」

リリアが広場を見回して「お持ち帰り用、まだ持ってる人！」と叫ぶと、「四つ持ってるよ！」「オレは二つ！」などとちらほら手が上がる。

ザッと数えて二十個ぐらいかな？　百個用意したから、たった一時間で八十個配れたってこと？

えっ⁉　嘘！

「リリアぁ！　すごいよぉ！」

私は思わず、リリアを抱き締めた。

八十個配れたってことは、八十人がその場で食べるだけで終わらず持って帰ってくれたってことだもんね！　たった一時間で！　すごい反響だよ！

いやぁ～順調順調！　これなら、もう一段階ぐらい、試食用のパンの珍しさのレベルを上げても大丈夫そうじゃない？

今はまだ、触れれば、食べれば、鮮やかな驚きとともに今までのパンとはあきらかに違うことがわかるけれど、見た目には馴染《なじ》みがあって、受け入れやすいものにしている。あまりにも見た目が奇抜で見たことがないものとなると、まず試食に抵抗を感じてしまう恐れがあると思ったから。

でも、この感じなら、もう少し目新しいものにしても大丈夫そうじゃない？

「なにもすごくなんかないよ。当然じゃない？」

リリアがきょとんとして私を見る。

「え？　でも……」

「だって、こんなにおいしいんだよ？　それを無料でくれるって言うんだよ？　それをもらわない理由がないでしょ。むしろ、一時間で配り切れなかったのが不思議なぐらいよ」

「そ、そう？」

「うん、アニーやマックスも同じ考えだと思うよ。それよりもお嬢さま！　次は倍の量作ろうよ！　絶対に噂《うわさ》になって、今日以上に人が来るから！　あ、一人で運ぶのがたいへんなら、私たちお嬢さまの家まで行くよ！　なんなら、袋詰めとかも手伝う！」

は、発言がイケメンっ……！

「ありがとうっ！　次はちょっと違うパンにしようと思ってるから、お願いするかも！」

「へぇ、素敵！　すごく楽しみ！　じゃあ、『かも』じゃなくて絶対呼んでよ。お嬢さま一人じゃ準備たいへんでしょ？」

くっ……！　発言がイケメンすぎて、リリアのお嫁さんになりたいっ……！

やっぱり、次は少しだけ見た目からもの珍しさを感じるパンにしてみよう。

少しだけ「食べても大丈夫かな？」って怯《ひる》んだとしても、決して口をつけずに終わることがないぐらいの見た目で、一口食べたら虜《とりこ》になってしまうぐらいインパクトのあるおいしさのもの。

つまりいつものものよりおいしいじゃなくて、比較対象がない——この世界の人たちがはじめて経験する新しいおいしさ。

そんなパンがいい。

「お店の定番商品となりそうなもので言うと……」

クリームパンはどうだろう？　見た目はきっと受け入れやすいよね。甘いカスタードクリームは子供たちのウケはよさそう。

メロンパンは、ちょっと見た目が奇抜すぎるかな？　持った感じ少し硬いから、罰ゲームパンとさほど変わりがないと思われる危険があるよね。あ、でも試食用はカットしたものにすればいいか。クッキー生地の下の白くてふかふかのパン部分が見えていれば、イケるかも？

実際にお店にお金を落としてくれるのは大人だから、子供ウケばかり狙うのもよくないかな？甘くない総菜パンも候補に入れたほうがいいかもしれない。

パン配りは二回とも、お昼過ぎに広場でやったから、次は場所や時間帯を変えて大人をメインに配るのもありかもね。そうなると、大人ウケする味の総菜パンでもいいよね。

配りやすいものでとなると、ハムロールやチーズロール？　ガーリックフランスもいいかも？あ！　焼きカレーパンって手もある！

「甘いのと辛いの、どっちがいいかなぁ?」

「カライ?」

私の独り言に、きょとんとした表情でリリアが首を傾《かし》げる。

「カライってなぁに?」

「えっ!?」

し、知らない?

「甘い、苦い、酸っぱいはわかるよね? 辛いも同じで味の一つなんだけど……わからない?」

「わかんない……。それ、どんな味なの?」

「ええと……」

具体的な料理名を挙げて説明しようとして——私は息を呑《の》んだ。

あっ! そ、そっか! ヨーロッパって、あまり辛い料理がなかった気がする!

最初に思い当たったのは、アラビアータとかアーリオ・オーリオみたいなピリ辛系パスタだけど、たしかそれは二十世紀に入ってからのメニューだったはず。

そのほかに、ヨーロッパの辛い料理って何かあったっけ?

イギリスではカレーがよく食べられているけれど、カレーがインドからイギリスに伝わったのは十八世紀のこと。でもスパイスの扱いは慣れていないと難しくて、人気が出て食卓に定着したのは、十九世紀にカレー粉が開発されてから。そして、それが日本に伝わってカレーライスになったって聞いたことがある。

でも、フランスでは辛いものが苦手な人が多いからカレーは流行《はや》らなかったし、現在ではカレーソースはあるけれど、それってクリームソースにカレー粉で香りをつけたってものがほとんど。

ほかのヨーロッパの国でも、あまりカレーは食べられていなかったはず。

ああ、そっか……。『エリュシオン・アリス』のモデルは十九世紀半ばのヨーロッパだもんね。

イギリスだけのブームは反映されていない可能性が高い。

ってことは――たまたまリリアが知らなかっただけじゃないのかも。この世界の人は、そもそも辛い料理に馴染みがないのだとしたら。

私は思わず頭を抱えた。

う、嘘ぉ～っ！　私にとってカレーパンは定番中の定番。絶対に作るつもりだったのに！

どうしよう！　完全に盲点だったかも！

◇＊◇

玄関扉を叩《たた》く音に、私は顔を上げた。

あれ？　珍しい……。私の家は森の中だ。普段、人がやってくることはほとんどない。

私は首を傾げて、作業の手を止めて玄関の扉を開けた。

「アレンさん！」

「こんにちは」

爽《さわ》やかな風に、クセのない銀髪がサラリと揺れる。

前回のボロボロで傷だらけの甲冑《かっちゅう》姿ですら魂を抜かれるほど美しかったけれど、白を基調とした聖騎士服をビシリと着こなしたアレンさんはもうとんでもなく神々しい。

アレンさんが穏やかに目を細め、深々と頭を下げた。

「連絡もなしにお邪魔してしまい、申し訳ありません。一刻も早くお礼をしたくて……。その節はたいへんお世話になりました。アシェンフォード公爵令嬢」

えっ⁉　わざわざお礼を言いに来てくださったの⁉　こんなところまで⁉

「いえいえ、当然のことをしただけです。私たちの暮らしは、聖騎士さまによって守られているのですから。いつも本当にありがとうございます」

「いえいえ、そんなことはありません。アシェンフォード公爵令嬢が助けてくださらなかったら、どうなっていたことか。本当にありがとうございました。ささやかながらお礼と、飲んでしまった魔法薬《ポーション》をお持ちしました。どうか受け取ってください」

アレンさんが小さな革袋と魔法薬の瓶を差し出す。――これは遠慮せず受け取るべきかな。じゃないと、『いえいえ』の応酬が続いちゃいそう。

私は小さく肩をすくめて、それを受け取った。

「そんなかしこまらないでください。元、ですし。どうぞ、気軽にティアと呼んでください」

「えっ……？　いいのですか？　愛称で呼んで……」

アレンさんが驚いた様子で目を見開く。

まぁね？　愛称呼びは、貴族の常識では家族や婚約者、恋人など、ごくごく近しい人――親しい人のみに許されるものだからね。戸惑うのもわかる。でも、私はもう公爵令嬢じゃないわけだし。

「ええ、構いません。むしろ、そのほうが嬉《うれ》しいです」

にっこり笑って言うと、アレンさんもなんだか嬉しそうに唇を綻《ほころ》ばせる。

「では、ティア――」

「ッ……！」

瞬間、心臓がありえない音を立てて跳ねて、私は慌てて顔を伏せた。

待って！　愛称呼びにアレンさんの笑顔がプラスされると、ものすごい破壊力なんだけど！

そ、そっか！　アレンさんの超絶作画な顔面を計算に入れてなかった！　私、早まったかも！

心臓が爆発するかと思った！　いや、もう半分爆散したかも！　だって今、尋常じゃないぐらいバクバクいってるもん！

「ティア？　どうかされましたか？」

「い、いえ！　なんでもないです！　ええと……あ！　お食事はされましたか？　今、ブランチを作ってるところなんですけど、よろしければ一緒にどうですか？」

「ありがとうございます……。その……実は、外までいい匂いが漂っていて……とても気になっていたのです……」

顔が真っ赤になってしまったことに触れられないようアタフタと話題を変えると、アレンさんが少し気恥ずかしそうに苦笑する。

え？　外にまで香ってた？　そんな香るようなメニューじゃないけど……。

不思議に思ってキッチンのほうを振り返って――ダイニングテーブルの上のカレーが目に入る。

あ、そっか！　あれか！　スパイスをじっくり炒《いた》めて作った渾身《こんしん》のカレーパン用カレーだもんね。外まで香ってないわけがない。

私は満面の笑みでアレンさんを家の中へ招き入れた。

「ブランチは別メニューなんですが、そちらの香りの正体も試食していただきたいので、ぜひ！」

やったぁ！　試食要員ゲット！　辛い料理がほとんどない世界だもん。子供たちには刺激が強いかもしれないから誰に試食してもらおうかって思ってたんだよね～！

「そちらに座って、少しだけ待っててくださいね」

アレンさんにはダイニングの椅子に座ってもらって、調理再開。

フライパンの中に、ベーコンを一枚追加。もう一つのフライパンにはバターを溶かして、お玉一杯分のパンケーキ生地をそっと流し込む。綺麗《きれい》な円になるように。

表面にフツフツと小さな気泡ができてきたら、ひっくり返してゆっくり火を通す。

ベーコンの端がカリカリになってジュウジュウいってきたら、その上に卵を二つ割り入れて、ベーコンエッグに。

パンケーキを数枚焼く間に、戸棚から食パンを取り出して薄くスライス。そのまま耳も落とす。

そして食パンの中心にカレーパン用のカレーを置き、縁に溶かしバターを塗ったら、三角に折って、フォークで縁を潰《つぶ》すようにして閉じる。

できあがったベーコンエッグは冷めないようにフライパンごと少し脇に退《ど》けて、空いたコンロに別のフライパンを置いて多めに油を引いたら、弱火で三角に折った食パンの両面をじっくりと焼く。食パンで作る、お手軽焼きカレーパンだ。

ふと視線を感じて振り返ると、アレンさんがひどく感心した様子で見つめていた。

色鮮やかな温野菜を載せたお皿に、パンケーキを二枚とベーコンエッグを盛りつけて、ブラックペッパーを振ったら、たっぷりのメープルシロップをかける。昨日の残りの豆スープを添えたら、ブランチの完成。そして、アレンさんには焼きカレーパンも添える。

「ベーコンエッグのパンケーキ、そして焼きカレーパンです。どうぞ召し上がってみてください」

アレンさんが、好奇心に目をキラキラさせながら皿を見つめる。

「また、はじめて見る料理です……。ベーコンエッグは知っていますが……」

「ベーコンとパンケーキを一緒に食べてみてくださいね」

そう言って、アレンさんの向かいに座る。

私、これ大好きなのよね。どこか懐かしいパンケーキにカリカリベーコンの脂と塩味、メープルシロップの甘み、半熟卵の濃厚な旨味《うまみ》、ブラックペッパーがピリリと利いて——その絶妙なバランスがたまらない。

ナイフとフォークで切って、パンケーキとベーコンを一緒に頬張る。

「ん〜っ！　おいしい！」

「……！　甘い？」

アレンさんも一口食べて、驚きに目を丸くする。

「パンのようなものとベーコンなのに？　いや、ちゃんと塩味もする……。でも、とても甘い……。ピリッとした刺激も感じる……」

そう言って、すぐさま二口目、三口目と食べ進めてゆく。

前回ごちそうしたときも思ったけど、アレンさんは食事のマナーが素晴らしく綺麗だ。

カトラリーの使い方は完璧《かんぺき》。それをお皿にぶつけて耳障りな音を立てることもない。その所作は流れるように美しい。

食べるスピードは速いのに、口いっぱいに頬張ることもしないし、もぐもぐしながら次を口へと運ぶこともしない。口にものが入った状態で話したり、咀嚼《そしやく》音を立てることもない。

今も――しっかりとよく噛《か》んで飲み込んでから、感想を言ってくれる。

「ベーコンからはベーコンの肉汁と脂が、パンケーキからは甘いシロップが、じゅわ～っと口の中いっぱいに広がって……しょっぱくて、でも甘くて、ピリッとした刺激もあって……なんだろう？すごく不思議です……。どうして味が喧嘩《けんか》しないいんだろう？　いろいろな味がして、それが本当に絶妙なバランスで……すごくおいしいです！」

そうでしょう。そうでしょう。

「そして、とにかく後引きます」

「卵の黄身と絡めると、またおいしいですよ」

言葉どおり、アレンさんはパンケーキとベーコンに黄身をたっぷりと絡めて口に運ぶ。

「卵の濃厚な旨味も加わって、また味が変わった……！　すごい……！」

「ふふ、気に入っていただけたようで嬉しいです。あ、温かいうちに焼きカレーパンも試してみてください」

「はい、ええと……こちらは……」

「あ、普通のパンと同じく手づかみで大丈夫ですよ」

言われたとおり、アレンさんが焼きカレーパンを手に持って口に運ぶ。

ザクッと小気味のいい音がダイニングに響いた。

「ッ……！　おいしい！」

その第一声にホッとする。よかったぁ～！　「なんですか？　これ……」って怪訝《けげん》な顔されたらどうしようかと思ってたから。

「これ、以前のパンプディングのパンですよね？」

「あ、はい。そうですね。食パンです」

「驚きです……！　また全然違う味だ……！　外側はカリカリザクザクしていて食感が楽しくて、中のこれはなんですか？　スパイス料理？」

「ええ、カレーといいます。言うなれば、スパイスをたくさん使ったシチューみたいなものです」

実際、そうなんだよね。カレーライスのカレーってインドカレーとはずいぶん違うなって思ったことない？

前にも言ったように、実は日本のカレーライスのカレーはイギリスからもたらされたもの。

まずはスパイスとカレーをはじめとするスパイスを使った料理がインドからイギリスに伝わって、でもイギリス人には複雑なスパイスの調合は難しくて、一発で味が決まるカレー粉が開発された。そしてカレーも、シチューを参考にしてイギリス人の口に合うように、カレー粉を使って簡単に作れるように改良された。それが日本に伝わったとされている。

「カレー……。はじめて食べる味です。たしかに、シチューのようにもったりとしていて、野菜の甘みや肉の旨味もしっかり感じるんですが、重たくないというか、クドさをあまり感じないです。舌にわずかに刺激を感じます。そのせいでしょうか？　後味がさっぱりしているような……？」

首を傾げながらもう一口食べて、しっかり味わってから──うんうんと頷《うなず》く。

「あ、やっぱり徐々に刺激が強くなりますね。若干スースーするというか……ヒリヒリ？　いや、ピリピリ？」

ううぅ、これでもかぁ～。結構甘めに作ったと思ったんだけど。

辛い料理がほぼないこの世界で無謀かもしれないけど、やっぱりカレーパンはどうしてもお店のメニューに入れたいんだよね。

たしかにカレーがウケたのはイギリスだけだったけれど、でも当時香辛料がものすごく貴重で、高価だったのはどの国でも変わらない。この世界でもそれは同じ。だから、スパイスをたっぷりと使ったカレーパンは、味が受け入れられさえすれば、爆発的に売れると思うのよね。普段なかなか食べられない希少なものって、やっぱり惹《ひ》かれるじゃない？

そうでなくても、個人的にはパン屋にカレーパンは必須《ひっす》だと思ってるから！

ただ、十九世紀半ばのヨーロッパがモデルのこの世界。二十一世紀の日本のように、油を安値でじゃぶじゃぶ使えはしない。食用油はそこそこ高価なの。だから、揚げカレーパンではなく、揚げカレーパンにできるだけ近づけた焼きカレーパンになる予定だけれど。

「い、嫌ですか？」

内心ビクビクしながら尋ねると、アレンさんは「まさか！」と首を横に振った。

「すごくおいしいです。私は好きですね。ピリピリが後引く感じで」

「よ、よかったぁ～！」

思わず胸を撫《な》で下ろす。よし！　カレーパン実現が一歩近づいたぞ！

「どうでしょう？　これをさらに改良してお店に並べようと思ってるんですが、みなに受け入れてもらえると思いますか？」

「ええ」

一つを早々たいらげて二つ目に手を伸ばしながら、アレンさんが頷く。

まったく悩む様子はなく、こちらが拍子抜けするほどあっさりと。

「ほとんどの人が食べたことのない味だと思うので、合わないなと感じる人は結構いると思います。でも、好きな人も確実にいます。私のように」

「そう思いますか？」

「ええ、これは売れますよ、絶対に」

ぜ、絶対？

「自信満々ですね……」

「ええ、これは自信があります。間違いなく人気商品になりますよ」

アレンさんが私の目を見て、きっぱりと言う。

「…………」

黄金《きん》色にも見える――まっすぐで、真摯《しんし》で、美しすぎる双眸《そうぼう》。

不思議……。なんの根拠もないのに、アレンさんがそう言うなら絶対に大丈夫だって思える……。

「このあとは、また試作を？」

「え？　ああ、はい。カレーパンともう一つ、お店に欠かせないと思っているメニューを」

「よろしければ、お手伝いさせてもらえないでしょうか？」

「え……？」

思いがけない言葉に、私はパチパチと目を瞬《しばた》いた。

手伝いたい？　嬉しいけど……なんで？

「素人が手伝ったりしたら、パンを台無しにしてしまうでしょうか？　それなら、邪魔にならないようにしますので、見学だけでもさせてもらえませんか？」

私の沈黙を変な風にとったのか、アレンさんがなんだか申し訳なさそうにしながら言葉を続ける。

「この料理を作る際も、あまりにも手際が良すぎて……。貴族のご令嬢だったことが信じられないぐらいで……。その、もっと見ていたいというか……」

そこまで言って、なぜかほんのり顔を赤らめる。

その赤面の意味はよくわからなかったけれど、手際のいい作業を見ていたいって気持ちはわかる。

私もパン屋の仕込み風景の動画とか好きで、よく観《み》てたもの。

「私のパンに興味を持ってくださってありがとうございます。聖騎士さまにお手伝いさせることが失礼にあたらないのであれば、ぜひ」

もう一つのメニューは力のいる作業が多いので、むしろすごく助かります。

にっこり笑ってそう言うと、アレンさんがぱぁっと顔を輝かせた。

「ほ、本当ですか⁉」

ひえっ！

思わずギュウッと目をつむって、両手で顔を覆ってしまう。

そんな私に、アレンさんはきょとんとして首を傾げた。

「あの……？」

「い、いえ、なんでもないです……。どうぞお気になさらず……」

聖なる光（輝かんばかりの笑顔）に目が潰れそうになっただけです。

あ、危な……。神が作りたもうた国宝級美青年の笑顔ってマジ凶器。ちゃんと気をつけてないと、店を出す前に天に召されかねないわ。うっかり直視しないようにしないと。

「もう一つのお店に欠かせないメニューって、どんなものなんですか？」

自分の顔面の威力をわかっていないアレンさんが、ワクワク感を抑えきれてない様子で私を見る。

くそぅ……！　好奇心旺盛《おうせい》な子供みたいな表情も最高にいい……！

おかしいでしょ。なんでこの人が攻略対象じゃないの？　前世からの筋金入りのガチ喪女ですら強制的にドキドキさせちゃうぐらいの顔面破壊力よ？　絶対に攻略対象であるべきでしょうよ！

攻略《プレイ》したかったよ！　アレンさんルート！

私はやかましい心臓を必死になだめつつ、にっこりと笑った。

「クリームパンです！」

◇＊◇

卵をボウルに割り入れて、砂糖を加えて、白っぽくなるまでしっかりとすり混ぜる。

そこに小麦粉を加えて、さっと混ぜ合わせる。粘りが出てしまうので混ぜすぎは厳禁。粉感がなくなるぐらいがベスト。

鍋《なべ》で牛乳を温め、鍋肌からフツフツと泡が出るぐらいになったら火を止め、バターを加える。

バターが溶けたら、それをボウルに漉《こ》しながら少しずつ加えて、しっかりと混ぜ合わせる。

そして、ここからが本番。

再度火をつけて、木ベラで絶えず混ぜながら中火で加熱。

最初はシャバシャバしているけれど、加熱していくうちにとろみがついてゆき、最後はもったり重くなる。大きめの気泡ができてきて、木ベラを持ち上げたときにクリームがリボン状に落ちて、そのまま筋がしっかり残るぐらいまでになったら、カスタードクリームのできあがり！

「……これをお一人でやろうとしていたんですか？」

余熱でこれ以上火が入ってしまわないように、できあがったクリームをバットに移していると、アレンさんが腕をさすりながら信じられないといった様子で私を見る。

「え？　ええ」

「これほどの重労働を、ティアの細腕で？」

「あー……」

たしかにたいへんだけど、でも今アレンさんが感じているほどの重労働ではないと思う。

「これは力があればいいってものでもないんです。重要なのはコツと要領で、それさえつかんでいれば、さほど力がなくてもできるんですよ」

「そうなんですか？」

「はい、でもやっぱり決してラクな作業ではないので、手伝っていただけて助かりました」

にっこり笑うと、アレンさんがなんだか嬉《うれ》しそうに頬を染める。

そう。アレンさんが言うほど重労働だとは思っていないけれど、とはいえ決してラクな作業じゃないのよね。火にかけてからの工程は絶対に手でやるしかないけれど、卵を混ぜる段階の作業はミキサーに任せられたらってすごく思う。クリームを作るときだけじゃない。パン生地を作る際もすごく役立つのはわかってる。ほしいよ、ミキサー。

でも、混ぜるとか、捏《こ》ねるとか、そういう単純な動きのみに特化した機械は逆に作るのが難しいのよね。

ここは科学の代わりに魔法が発達した世界。

この世界を構成していると考えられている六元素——水・風・火・大地・光・闇からなる魔法。そこから派生した氷や雷といったもので説明がつけられるものは、わりとなんでもある。

光の魔法があるからボタン一つで部屋の照明をつけられるし、火の魔法があるからガスコンロとオーブンも存在している。水の魔法があるから蛇口を捻《ひね》るだけでいつでも綺麗《きれい》な水が使い放題だし、水の魔法から派生した氷の魔法があるから冷蔵庫もある。

だけど逆に、六元素の魔法や派生魔法では説明づけられないものや、あるいはそこにあるだけで世界観を壊しかねない違和感を生じさせてしまうようなものはない。

だから、電動で単純な動きをするものは開発が難しいの。ミキサー自体は風魔法でなんとかできそうな気もするけど、今のところ上手くいっていないわ。

電気って雷を応用できそうな気もしないでもないけれど、そんな単純な話でもないのか——雷を電気として使った機械はまだ見たことがない。

でも、いつかは開発に成功してみせるわ！　そこは公爵家の財力にものを言わせて！　だって、お店が大きくなったら絶対に必要だもの！

あ、言わないで。家族が泣いて懇願しても家に戻らず好き勝手やってるクセに、都合のいいときだけ公爵家を利用するのかって思ったんだよね？　わかるよ。だけど心配ご無用。誰も不快に思ったりしない。むしろ私の場合、これこそが家族孝行なの。だって、お父さまもお母さまもお兄さまも、アヴァリティアの我儘《わがまま》に泣いて喜ぶ人たちなんだもの。適度に頼ってあげないと！

雷を電気として使う機械ができたら、なにはともあれパンを作る道具たちをアレコレ開発したいわよね。欲しいものはめちゃくちゃあるもの。

「すごく甘い……いい香りがしますね」

ついつい頭の中で開発用の予算を組みはじめていると、アレンさんが好奇心にキラキラ光る目でカスタードクリームを見つめる。

あ、いけない。考えに没頭しちゃってた。

「ええ、本当にいいできです。アレンさんのおかげですよ。あとは、これが冷めるのを待ってからパン生地で包んで焼くわけですが……」

私はそこで言葉を切り、クリームからふんわりと上がる湯気を見つめた。

クリームはつやつやして本当においしそうだ。お手伝い頑張ってくださったし、せっかくだからできたてを食べてもらいたいよね。

「すごくいいできなので、今すぐ味見したいですね……。先ほど出した簡易カレーパンと同じく、食パンを使って簡易クリームパンを先に作っちゃいましょうか」

「いいんですか？」

私の提案に、アレンさんがぱぁっと顔を輝かせる。あ、食べたかったんだ？

っていうか、嬉しそうな笑顔もまた可愛《かわい》くて素敵すぎるんだけど！

「もちろんです！　クリームだけも味わってみますか？」

にっこり笑って頷いた――そのときだった。

『それ、オレさまにもくれ！　食べたい！』

どこからともなく子供のような声がする。私はびっくりしてあたりを見回した。

「え？　な、何？」

『お？　聞こえるのか。やったぁ！　オレさま、運がいいっ！　なぁなぁ、オレさまにもくれ！　カンイってヤツも！　クリームだけも！　食べたい！』

だけど、姿は確認できない。当然だ。キッチンには――ううん、この家には私とアレンさんしかいないのだから。

外？　ううん、それも違うわ。そんな離れたところからじゃない。すごく近くで声がするもの。

そもそも声がする方向がわからない。不思議と反響する声。なに？　なんなの？

耳を押さえて周りを見回していると、アレンさんが「どうかしましたか？」と首を傾げる。

「ええと、声が聞こえて……」

「声？　私には何も聞こえませんが……」

「え？　そうなんですか？」

すごくはしゃいでてうるさいぐらいなのに？

「私だけに聞こえる声……？」

やだ、なにそれ。ちょっと怖いんだけど……。

『なぁなぁ、お前。動物はなにが好きだ？』

でも、声に不穏な感じは一切ない。

年齢はマックスぐらいかなぁ？　ちょっとやんちゃで元気な男の子って感じだ。

「ど、動物？」

『そう、動物。いろいろいるだろ？　ホラ、鹿とか、鷹《たか》とか、虎とか、ドラゴンとかさ！』

あれ？　ドラゴンって動物だったっけ？

まぁ、それはともかくとして、ラインナップがそれこそすごく男の子っぽくて、微笑《ほほえ》ましくて、私は思わず笑ってしまった。

それで少し緊張がほぐれて、私は宙を見つめた。

さて、なんて答えよう？　この声の主の好みに合わせるべき？　それとも正直に答えるべき？

「なんでもいいの？」

『おう、なんでもいいぞ。お前が一番好きなのだ！』

どういった意図で訊《き》いているのかわからないし――よし、ここは正直にいこう。

「じゃあ、猫かな」

『えーっ⁉　猫ぉ⁉　あんなちっちゃい、弱っちそうなのが好きなのかよ？』

「ダメなの？　なんでもいいって言ったじゃない」

『言ったけどさぁ～……。ちぇっ』

ありゃ、機嫌を損ねちゃった？　少し心配するも、当の本人（人かどうかはともかくとして）はさほど気にしていなかったらしく、すぐに気を取り直して『でも、まぁいいや。猫な？　猫！』と明るい声を響かせた。

次の瞬間、私の頭上にポンと真っ赤ななにかが現れる。

「え、ええっ⁉」

そのまま落下してきたそれを慌ててキャッチする。

び、びっくりしたぁ！　ど、どこから現れたの⁉　このね――。

私は腕の中のそれをまじまじと見つめた。

燃え盛る炎のような、真紅に金色の模様が入ったフワフワの毛並み。ピンと立った三角の耳に、金色の輝く瞳《ひとみ》。黒い鋭い爪を持つ太い足、驚くほど長い尻尾《しっぽ》――。

ね、猫……なんだよね……？

見た目はものすごく猫っぽいんだけど、それにしては色がおかしいのと、大きさがちょっとした小学生ぐらいあるものだから不安になってしまう。

「これは……！」

アレンさんも驚愕《きょうがく》の声を上げる。

と同時に、いまだ事態を呑《の》み込めない私に、腕の中の猫っぽいものがニカッと人懐っこく笑った。

「ホラ、猫だぞ。これが好きなんだろ？」

「………」

やっぱり猫なんだね？　私がイメージしていた猫とはちょっと違ったけど……。まぁ、たしかにその奇抜な毛色を除けば、世界最大の猫《メインクーン》みたいではあるかな？　あれもちょっとした小学生ぐらいあるもんね？

私はよいしょとその子を抱え直して、首を傾げた。

「え……ええと、君は？」

「あれ？　わからないか？　オレさまはイフリートだぞ」

「はっ⁉」
イ、イフリートぉぉぉっ⁉
そのとんでもない答えに、今度こそ愕然《がくぜん》とする。

イフリートとはゲームに登場する六大精霊のうち、火を司《つかさど》る精霊の名だ。

六大精霊とは、水・風・火・大地に光、そして闇の精霊のことを指す。

この六大精霊の加護を得て、ヒロインは聖女として覚醒《かくせい》するのだ。

ちなみに、水の精霊の名はオンディーヌ。風の精霊がシルフィード。大地の精霊がグノームで光の精霊がリュミエール、そして闇の精霊がアーテルだ。

「ひ、火の精霊って……」

「っ……やはり……！」

震える私の横で、アレンさんも顔色をなくす。

「そうだ！　イフリートさまだぞっ！　敬え！」

腕の中で、イフリートと名乗ったでっかい赤い猫が胸を張る。

い、いやいやいやいや……。

「う、疑うわけじゃないけど……でも、触れるよ？　精霊って実体のないもののはずでしょう？」

「そうだぞ」

「だったら、おかしいでしょう？　実体がないのに、こうして触れるなんて……」

「それはお前の力だぞ？　聖女はオレさまたちの声を聞いて、オレさまたちに実体を与えることができる。そして、聖女によって、オレさまたちは精霊から聖獣になることができるんだ」

「は……？」

ええっ⁉　精霊に実体を与える⁉　は、はじめて聞いたんだけど⁉

それに、聖獣ってなに⁉　知らないんだけど⁉　はじめて聞くワードなんだけどぉ⁉

「ア、アレンさん⁉」

慌ててアレンさんを見ると、彼は蒼白《そうはく》のまま頷《うなず》いた。

「はい、伝承にはそうあります。聖女だけが精霊の声を聞き、精霊に受肉――つまり実体を与え、国を守護する聖獣に育てることができると。聖女の力とは、直接国を守護するものではありません。国を守護する存在をこの世に顕現させるものなのです」

え……？　あ、そうなんだ……？

「シナリオではそこまで描かれてないから知らなかった……」

って言うか、ちょっと待って！　ってことは、好きな動物を訊いたのはどういう姿に受肉するか決めるためだったってこと⁉

そ、そういう大事なことは先に言ってよね！　よかったぁ～！　ゾウとかカバとかドラゴンとか言わなくて！　イフリートの好みに合わせて答えてたら、とんでもないことになってたよ！

いや、待てよ？　国を守護する聖獣って考えると、にゃんこも決して正解ではないんじゃない？

もふもふで可愛いけど、威厳とかを考えたらゾウとかドラゴンのほうが見映えがした可能性も……。

いや、もふもふで可愛くて私的には最高なんだよ？　でも、聖獣として考えると、やっぱり……。

「シナリオ？」

頭を悩ませる私の腕の中で、イフリートが小首を傾げる。あ、こっちの話だから、忘れて。

「国を守護する聖獣を顕現させられる、唯一の存在……」

「ええ、それが聖女です」

アレンさんが大きく頷く。

「聖女が六大精霊を受肉させて覚醒した時点で自然を基とする神聖力が爆発的に高まり、この国を満たします。それだけでまず魔物の出現がぐんと減ります。毎日決まった時間に聖歌と祈りを天に捧《ささ》げることでそれはさらに強化され、天災が減ります。そして六大精霊を聖獣に育て上げることで、天災はさらに減り、魔物は活動することができなくなって消滅します」

「え……？　す、すご……。天災も減るんですか？　天災と魔物ってなにか関係が？」

「直接関係あるわけでは。ただ天災も、魔物の出現も、自然のバランスが崩れて神聖力が低下したことが、原因の一つとされていますので」

「あ、なるほど。だから聖女と聖獣によって自然のバランスが整えられ、神聖力が満ち満ちている間は、どちらもなくなると……」

そ、そうなんだぁ……。

『エリュシオン・アリス』の大ファン――台詞《せりふ》の一言一句まで覚えているぐらいガチ勢なエリアリクラスタである私が、大事な聖女の設定を把握してなかったの？　って思うかもしれないけれど、これはある意味仕方がないと思う。

基本的にどのルートでも、ヒロインはクライマックス直前に精霊と交流を持つことに成功する。そのあと断罪イベントとか、最終試練イベントとか――そのあたりはルートごとに違うんだけど、それをこなしてから最終恋愛イベント→エンディングって流れ。

そして、エピローグにて、ヒロインが聖女として覚醒したことと、そのルートでの幸せな未来が語られて終わる。

そう――。実は、ヒロインが聖女として覚醒するくだりって、彼女が特別な女の子であることと、彼女が平民という身分でありながらスペシャルなイケメンたちと幸せになるためのつじつま合わせみたいなところがあって、精霊とか聖女にかんする詳細ってゲームの中では全然出てこないのよ。だから、知らないことも多いって言うか……。

そこまで考えて、私はブンブンと激しく首を横に振った。

いやいや、違う違う！　問題はそこじゃないってば！

精霊と触れ合えるのが聖女だけなら、私にイフリートの声が聞こえるのはおかしいじゃない！ましてや実体化なんてするわけがない！　私はヒロインじゃない！　聖女じゃないんだもの！

「わ、私が聖女だなんて！　なにかの間違いよ！　そんなわけない！」

思わず叫んだ私に、イフリートがきゅるんと目を丸くする。

「なんで？」

な、なんで⁉　なんでときた⁉　いや、そう言われると困るんだけど……。だって、それは私が私であることを、火が火であることを、イフリートがイフリートであることを、「なんで？」って訊いているようなものだもの。

私は悪役令嬢だ。

それは、揺るがない事実。

聖女になるのはヒロイン。悪役令嬢じゃない。

それも、この世界のはじまりとともに定められた原則だ。

この世界の理《ことわり》と言ってもいいほどの――。

「お前はオレさまの声を聞いた。オレさまを実体化した。それがすべてだぞ？」

「……それは……」

イフリートの言うこともわからないでもない。たしかに、目の前で起きてしまったことを今さら否定することはできない。

でも、エンディングを迎えてすでに二年経っているのよ？　本来なら、クライマックス直前から精霊たちはヒロインと交流を持っているはずだし、二年経った今はとっくに受肉して、ヒロインは聖女としての地位を確立しているはずじゃない。

それが行われていないだけでも問題なのに、悪役令嬢に唯一無二であるはずの聖女《ヒロイン》と同じことができてしまうなんて――どうしてここまでのズレが生まれてしまっているの？

いったいなにが起こっているのよ？

唇を噛《か》み締《し》める私を見上げて、イフリートが不思議そうに首を傾げる。

「聖女って、国から大切にされるんだろ？　嫌なのか？」

嫌とか、そういう問題じゃない。

私はあくまで悪役令嬢――アヴァリティア・ラスティア・アシェンフォード。

エンディングを迎えているとはいえ、ヒロインに成り代わるような行いは絶対にしてはいけない。

それは罪だとすら思う。

でも、それをイフリートやアレンさんに言うことはできない。言えるはずもない。イフリートやアレンさんが、作られたフィクションの中の存在に過ぎないなんて――そんな残酷なこと。

そして、ここが乙女ゲームの世界であることを知らない人に私の考えが理解できるはずもない。

今、起きている異常を認識できるのは、ここが乙女ゲームの世界であることを知っている者だけ。

誰にも相談できない以上、それはつまり私だけということだ。

だったら――私がなんとかするしかない。

「っ……あのさ、イフリート……」

「オレさまは嬉《うれ》しいぞ！　オレさまは受肉したくてたまらなかったんだ～！」

聖女と精霊について詳しく知るべく口を開いた私の鎖骨あたりに額を擦りつけて、イフリートが嬉しくて嬉しくて仕方がないといった様子で笑う。

「え……？　そ、そうなの？」

「そう！　オレさまは食事ってもんをしてみたかったんだよ！」

「食事？　あ、そっか。精霊ってものを食べないいんだっけ……。合ってる？」

「合ってる！　あ〜！　楽しみだなー！　『おいしい』ってどんな感覚なんだろ？」

イフリートが好奇心に目をキラキラさせてカスタードクリームを見る。

やんちゃな男の子が大好物を見るような反応に、思わずほっこりしてしまう。――ふふ、可愛い。

ああ、そうだ。イフリートが悪いわけじゃない。彼はカスタードクリームに惹《ひ》かれて話しかけてくれただけ。それが、なんらかのバグによって悪役令嬢の私にも届いてしまっただけだ。

念願の受肉が叶《かな》ってトキメキとワクワクが止まらない――その気持ちに水を差すような真似は、絶対にするべきじゃない。

すぅっと大きく息を吸って、ゆっくりと吐く。

――落ち着いて。ここで取り乱したってなんにもならない。

それよりも、今はイフリートが器を得たことを祝ってあげよう。

受肉したことで嫌な思いをさせてはいけない。受肉したことを後悔させてはいけない。

だって、今後バグが修正されても、彼には正しい聖女――ヒロインのもとで聖獣としてこの国をずっと守っていってもらわないといけないんだもの。

私は気を取り直して、腕の中のイフリートを見つめてにっこりと笑った。

「食べてみたいものはあるの？」

「もちろん！　クッキーとココアだ！」

迷うそぶりすら見せず、イフリートが即答する。

「へぇ、それはどうして？」

「冬になると、子供たちがよく暖炉の傍《そば》でそれ食ってるだろ？　アレがうまそうだなって」

「あぁ、なるほど」

暖炉の火がよく目にしていた光景なんだね。

「じゃあ、今度私が作ってあげるね」

そう言ってもふもふの背を優しく撫《な》でると、イフリートが驚愕《きょうがく》に尻尾《しっぽ》を膨らませる。

「えっ⁉　お、お前が⁉　作れるのか⁉　クッキーだぞ⁉」

「そんなに驚くこと？　うん、孤児院の子供たちのためによく作ってるんだ。任せて」

「す、すごいな！　お前！」

イフリートがさらに目を煌《きら》めかせて、太い前足で私の胸もとを叩《たた》く。

「それは、コジインの子のためじゃないよな？　オレさまのためのものだよな？」

「そうだよ。イフリートのために」

「う、嘘じゃないよな？　約束だぞ！」

「うん、約束する」

にっこり笑うと、イフリートが歓声を上げて、私の胸もとにスリスリする。くぅ！　可愛い！

「やったぁ！　お前、好きだ！」

「ふふ、ありがと」

「この手も、腕も好きだ！　『触れる』ってあったかいな！　内側がなんだかぽかぽかする！」

内側？　ああ、胸の内がってことかな？　そっか。そういう感覚も、肉体があってこそなんだ。

イフリートのキャッキャとはしゃぐ姿に、私の心もほこほこしてくる。私はもふもふもこもこで抱き心地抜群の身体に顔を埋《うず》めるようにして、彼を抱き締めた。

「お前のクリームパンってヤツも食べたいぞ！　カンイも！　クリームだけも！」

「うん、それもごちそうするね。でも、『お前』はやめて。ティア──ティアって呼んで」

「ティア？」

「そう」

「ティア！」

イフリートが、名前を教えてもらえて嬉しくて仕方がない、呼ぶのも楽しくてたまらない様子で手足をバタバタさせながら、何度も何度も私を呼ぶ。

それがまた微笑ましくて、いじらしくて、可愛らしくて──彼を抱き締める手に力を込めた。

待っててね、イフリート。

『もう私の役目は終わったんだから』なんて傍観するのはやめるわ。できるかぎり力を尽くして、バグの原因を探る。そして──今はなにをどうすればいいかまったくわからないけれど、なんとか修正だってしてみせる。

だから、あなたがヒロインの──正しい聖女のもとでその尊い力を発揮できるようになるまで、まがい私《もの》で我慢して。

クッキーもココアもクリームパンも、いくらでもごちそうしてあげるよ。それ以外にも、望みはできるかぎり叶えてあげられるようにするから。

どうか、待ってて。

◇＊◇

パンが焼けるまで、まだしばらくかかるらしい。

アレンは「少し風に当たってきます」と告げ、家を出た。

涼やかな風がサラリと髪を揺らす。アレンは一番近くの木に身体を預け、はーっと息をついた。

まだ心臓が落ち着かない。冷汗でびっしょりと濡《ぬ》れているからか、背中に肌着が貼りついて少し気持ち悪い。

無理もない。まさか、精霊が受肉する瞬間を目撃することになろうとは！

「アレンディードさま」

少し離れたところから、密《ひそ》やかな声がする。

アレンはハッとして、視線だけを声がする方向へ向けた。

「そろそろお時間です。聖都にお戻りを」

「わかっている。だが――悪いな、ルディウス。今、ここを離れるわけにはいかなくなった」

その言葉に、木々の奥から聞こえる声がまるでなにかを警戒するようにワントーン低くなる。

「……なにかございましたか？」

「なにかあったか……？　そんなレベルの話じゃないな」

これは国を揺るがす大事件だ。

「ルディウス」

アレンは気持ちを落ち着けるように一つ息をつくと、アヴァリティアの家をまっすぐに見つめた。

「アシェンフォード公爵令嬢から目を離すな」

第三章　甘じょっぱいは正義！　これは真理です！

「うみゃぁあああぁああぁあっ！」

おそらく『うまい』と『にゃあ』とか『みゃあ』が合わさった叫びを上げながら、イフリートが尻尾をぶんぶん振り回す。

まるで人間の子供みたいに椅子にちょこんと座って尻尾をフリフリ、うみゃうみゃ言いながら、両手で持ったパンをごきげんで頬張る姿はもう悶絶《もんぜつ》するほど可愛《かわい》いっ！　あぁあっ！　最高っ！

最初の質問で『猫』って答えた私、マジグッジョブ！

「クリームパン……本当においしいですね」

アレンさんが感嘆のため息をつき、私を見る。

「クリームだけ食べたときは濃厚に感じたんですけど、こうして食べるととても優しい甘さで……。しかし軽すぎず、わりとしっかりお腹《なか》にたまるのもいいです」

はじめてごちそうしたときからそうだったけど、アレンさんって料理の感想をしっかり目を見て伝えてくれるのよね。素直に嬉しいし、試作の場合はめちゃくちゃ参考になるからすごく助かる。

いや、本当に良い人！

「子供や女性からは言わずもがなですが、きっと男性からの人気も高いと思います」

「そうですか？」

「ええ、疲れたら誰しも甘いものが食べたくなるものだと思いますが、子供や女性と違って男性はそこでお菓子を手に取るのを躊躇《ためら》うことが多いような気がします。しっかりとお腹にたまるものや、力や精がつくものが優先されることが多い。あるいは、もっと強い刺激を得られるアルコールなど。自由に使えるお金が少ない民ならば、なおさらです」

「なるほど。甘いものが食べたくても、お腹にたまらないものはどうしても優先順位が低くなってしまうと……」

「はい、片手で手軽に食べられて、ある程度食べ応えがある……これは理想的だと思います」

おお……！　アレンさんにそう言っていただけると、勇気が出る……！

「ありがとうございます！　参考になります！」

そうだよね。そのとおりだと思う。子供と女性だけじゃない——老若男女問わず人気があるから、昔も今も変わらずクリームパンはパン屋の定番商品として君臨しているんだと思う。

「そう聞くと、やっぱりあんぱんは諦《あきら》められませんね！　なんとか小豆を見つけないと！」

グッと拳《こぶし》を握る私に、アレンさんとイフリートが同時に小首を傾《かし》げる。

「アンパン？　アズキ？」

「なんだ？　それ。うみゃいもんか？」

「私のパン屋にはどうしても置きたい……！　絶対に完成させたいパンなんです！」

「パンヤ？」

イフリートがパチパチと目を瞬《しばたた》く。

私はにっこり笑って、イフリートの口もとについているパンくずを取ってあげた。

「パンを売るお店だよ。私のパン屋を作りたいんだ」

「ティナが作るうみゃいもんがいっぱいあるってことか？　それ、いいな！」

イフリートが目をキラキラ輝かせる。ああ、もう、ぐぅかわっ！

私はイフリートの頭を撫でながら、アレンさんに視線を戻した。

「並べる商品は、まず現在巷《ちまた》に溢《あふ》れているパンに近くて抵抗が少なそうな、バゲット、バタール、ブール。従来のパンとは完全に一線を画す食パン、バターロール――これらは食事に合わせられるパンですね。それから総菜パン――食事になるパンとしてカレーパンを。ほかにもいろいろ考えています」

サンドウィッチがまだ一般的じゃないから徐々に浸透させていきたいし、バゲットを使った各種タルティーヌ、アレンさんに出したクロックマダムやピザトーストなんかもいいよね。

「そして菓子パン――お菓子のように甘いけれど、ある程度の食べ応えがあるパンですね。クリームパンとジャムパン」

「ジャムパン……ですか？　それはもしかして……」

「ええ。クリームパンのクリームをジャムに変えたものだと思ってください。そして、どうしてもあんぱんもラインナップに加えたい！　あと、チョココルネも！」

「アンパンとチョココルネ……」

「はい。チョココルネは、渦巻きの形に焼き上げたパンの中にクリーム状にしたショコラを詰めたものなんですが……」

「えっ⁉　ショコラを、クリーム状に？」

アレンさんが目を丸くする。

カカオがヨーロッパに伝わったのは、十六世紀のこと。

古代メキシコにて紀元前の時代から、カカオは細かくすり潰《つぶ》して、とうもろこしの粉を加えたりバニラやスパイスで香りをつけたりして飲まれていたの。それが『ショコラトル』。

『ショコラトル』は、ショコラ――ホットチョコレートとは違って、ドロドロと口当たりが悪くて、渋くて、苦くて、くどかったって話。栄養価が高いからある種お薬のように飲んでいたらしいわ。

その約三百年後――十九世紀のはじめに、みんなもよく知るオランダ人のヴァン・ホーテンが、『ショコラトル』を飲みやすくするため『ココアパウダー』を開発。これが皆の知る『ココア』。

ここにいたっても、カカオは基本的に『飲むもの』って認識だったの。

その後、イギリス人のジョセフ・フライによって食べる『チョコレート』が発明されたんだけど、まだ苦みが強くて一般的に普及するにはいたらず。

十九世紀末ごろになってようやく、スイス人のダニエル・ピーターによって『チョコレート』にミルクを加えた、甘くてまろやかで口当たりのいい『ミルクチョコレート』が開発されて、それが人々を魅了し――今日にいたるって感じなの。

で、この世界では、まだ『ココア』までなのよね。固形はもちろん、クリーム状のものもない。

「はい、クリーム状のほかにも、板状や粒状のものも開発したいと思ってます」

ここは乙女ゲームの世界。もちろんジョゼフ・フライもダニエル・ピーターもいない。十九世紀半ばの現実の世界にタイムリープしたなら、彼らの功績を奪ったあげくに歴史を変えてしまうのはどうかと思うけれど、フィクションの世界ならそのあたり関係ないもんね。

なければ、作る。

それでいいと思ってる。

「それは興味深いですね……」

チョコレートのほうは、ココアがあるからカカオが存在していることは確認できているけれど、ココアじゃなくてカカオの実自体を安定して仕入れられるルートが見つけられていないのよね。

そこさえクリアしてしまえば、作ることは簡単だ。

問題は――。

「あんぱんですが、このクリームパンのクリームを餡《あん》に変えたものなんです」

「アン、とは？」

「ええと……遥《はる》か極東の国にあるもので……」

う、嘘《うそ》は言っていないわ。この世界のモデルが十九世紀半ばのヨーロッパって考えたら、日本は遥か極東の島国だもの。ただ、あくまでモデルだから、この世界の東の果てに本当に日本が――あるいはそれによく似た国が存在しているかは別として。

「簡単に言うと、豆を甘く甘～く煮たものなんですが……」

「豆を甘く⁉」

アレンさんが、ギョッとした様子で目を丸くする。

まぁ、そうだよね。

ヨーロッパでも、豆はたくさん食べられている。イタリアでは「トスカーナ人は豆食い」なんて言葉があるほど豆料理が多い地域があるし、イギリスでは白いんげん豆をトマトソースで煮込んだ『ベイクドビーンズ』が朝食の定番。フランスでも『カスレ』という白いんげん豆とソーセージや鴨のコンフィなどをトロトロに煮込んだ郷土料理があったりする。

塩茹《ゆ》でしてサラダにしたり、さらにマリネしたり、カスレやミネストローネなどの煮込み料理はもちろん、ポタージュにしたり、潰して揚げてコロッケにしたり。とにかくいろいろな調理方法で豆を食べている。

でも、豆を甘く煮るという料理はほぼない。

日本食などが入ってきた現在はともかく、十九世紀半ばとなればほぼゼロと言ってもいいぐらい。豆料理が豊富で、豆が普段の食生活に深く結びついているからこそ、豆を甘味として食べるって意識があまりなかったみたいなのよね。

「そ、それはおいしいのですか？」

アレンさんも、まったく想像がつかないって表情だ。

「おいしいです！　信じられないかもしれませんが、ものすごくおいしいんですよ！　ただ、その材料が手に入らなくて……」

「それがアズキ……」

「はい」

アレンさんが難しい顔をして、唇に人差し指を当てる。

「アズキ……。魔物討伐で国中飛び回っていますが、聞いたことがないですね……」

うっ……で、でしょうねぇ……。だって、私もめちゃくちゃ調べましたもん。

ヨーロッパの国々で小豆がなんて呼ばれているかと言うと、ほとんどの国で実はそのまま『azuki』なのよね。国によっては『赤い豆』って意味の別の言葉を当てられてることもあるんだけど、売り場で小豆を探すとパッケージには『azuki』って書かれていることがほとんど。

そして、その小豆がヨーロッパの国々でも手に入るようになったのって、つい最近の話なのよね。日本文化や日本食がヨーロッパに受け入れられるようになってから。

その前はというと、第一次世界大戦あたりで日本がヨーロッパに小豆を輸出したらしいんだけど、それはほとんど受け入れられなかったみたい。小豆は普通の煮込み料理やスープには向かないから。

つまり十九世紀半ばのヨーロッパにはなかったのよ！　小豆は！

ダメもとで調べてみたけど、この世界にもやっぱりない！

だったら、白あんは白いんげん豆や同じインゲンマメ属の白花豆から作られるから、いんげん豆で近いのが作れるかもしれないって思って、この世界に存在するいんげん豆を調べに調べ尽くして、片っ端から試しまくったわ。でも、どれもダメだった。黒いんげん豆が一番見た目が近かったけど、味はほぼほぼ白あん。やっぱり小豆の餡とは似て非なるものだったのよね……。

「どうしても作りたいんです！　先ほどのアレンさんの話を聞いたら余計に！　餡はクリームよりずっしりしてますから、食べ応えって点ではクリームパンを上回ってますし！」

「そうなんですか？」

「はい！　そしてなにより、その二つができれば、あんバターとショコラバターもできる！」

これ、大事！

グッと拳を握って宣言した私に、アレンさんがきょとんとして首を捻《ひね》る。

「アンバター……とは？　ショコラバターは……ショコラとバターですか？」

「はい、そうです。あんバターもそのまま、餡とバターです。それも作りたいんです！」

前世からの私の大好物なんで！

「アンは甘いものだと伺いましたが……」

「はい、そうですよ」

「なのに、バターと合わせるのですか？」

おやおや～？

「なにかおかしいですか？　アレンさんはもうすでに『甘じょっぱい』のおいしさをご存じのはずですが」

にーっこり笑って言うと、一瞬なんのことかわからないという表情をしたものの、すぐに今日のブランチを思い出しただろう。アレンさんが目を見開いた。

「あ……！」

「なんだ？　なんだ？　アマジョッパイってなんだ？　オレさま知らないぞ！　教えろ！」

イフリートが手足をバタバタさせて、不満そうに言う。

私は「ごめんごめん」と笑って、イフリートの頭を撫《な》でた。

「甘いのとしょっぱいのを一緒に食べると、またこれがおいしいのよ」

「甘いはわかるぞ。クリームパンみたいなのだろ？　しょっぱいってのはなんだ？」

あ、そっか。まだ肉体を得たばかりだもんね。知らないか。

私は塩を引き寄せて、イフリートの肉球の上にちょんと載せてあげた。

「これが、『しょっぱい』だよ」

量はほんの少しだったんだけど、『しょっぱい』初体験のイフリートには十分衝撃的な味だったらしい。ボッと尻尾《しっぽ》を膨らませ、金の目を真ん丸にしたかと思うと、「うぇ～！」っと顔を歪《ゆが》めて舌を出した。

「なんだ？　コレ！　舌がカーッとして喉《のど》が渇く！　おい、ティア！　嘘言うなよ！　オレさまがなにも知らないと思って！　これが『甘い』に合うわけないだろ？」

「いやいや、それが合うんだなぁ～。甘じょっぱいは正義！　これ、真理だから！」

しかも、全世界共通だから！

「う、嘘だ！　信じないぞ！」

ふふふ。いい振りですね、イフリートさん。

「では、証明してみせましょう！」

私は立ち上がって、戸棚からはちみつの瓶を取り出した。

『ここに取り出したるは、はちみつ。イフリート、これは知ってるんじゃない？　子供たちがよくホットミルクに入れて飲んでるでしょう？』

「知ってるぞ！　甘くておいしいんだろ？」

イフリートがぱぁっと顔を輝かせて、元気よく尻尾を振る。

「そう。これをバターというしょっぱいものを塗ったトーストにたっぷりとかけて……あぁっ！」

そこまで言って、私は重大なことに気づいて悲鳴を上げた。

「な、なんだよ？」

「そうだ！　忘れてた！　石窯《いしがま》オーブンにばかり気を取られてて、トースターの開発してない！」

ああ！　私の馬鹿っ！　食パンを売り出す以上、それは必須《ひっす》でしょうよ！

「な、なんだ？　じゃあ、その『アマジョッパイ』は作れないのか？」

頭を抱える私に、イフリートが心配そうに言う。

「いや、作れるよ。フライパンで作れるんだけど……」

「じゃあ、いいじゃないか。なにが問題なんだ？」

いや、今から作るハニートーストにかんしてはなにも問題ないよ。フライパンで作るトーストはおいしいし、現在絶賛ニートしてる私は、ずっとそれでもいい。

でも、日々忙しいお母さんたちに、毎朝フライパンでトーストを作らせるなんてありえない！

新しいパンを売り出したせいで、お母さんたちの仕事が増えちゃうなんて絶対にダメよ！

「次の家族孝行が決まったわね」

パン屋のオープンまでに、アシェンフォード公爵家の財力とコネをフルに使ってなにがなんでもトースターを開発・商品化してくれなきゃ、あと十年は家に帰ってあげないから！　って脅し……いえ、お願いしよう。きっと喜んで（そしてありとあらゆる無茶をして）やり遂げてくれるはず！

そうと決まれば、気を取り直して調理開始！

スライスした食パンをさらに四等分して、熱したフライパンに並べて、水分を逃がさないように中火でサッと焼く。フライ返しで軽く押さえて、均一に焼き色をつける。

片面が焼けたら、一切れだけお皿に出して、残りの三切れは裏返してバターを載せて蓋《ふた》をして、バターが溶けるまでしばらく待つ。間違えないでね？　バターはフライパンに落とすんじゃなくて食パンのすでに焼いた面に載せるのよ。バターは焦げやすいからね。

バターが溶けて、裏面もお好みの焼き色が付いたら完成！

その三切れも、それぞれ別のお皿に載せる。

そのうち二切れと、先にフライパンから取り出したバターを染み込ませていない一切れに甘～いはちみつをたっぷりとかける。

そしてイフリートの前に、バターだけのバタートースト、はちみつだけかけたハニートースト、バターを染み込ませてはちみつをかけたハニーバタートーストをそれぞれ並べた。

ハニーバタートーストの残りの一切れはどうするのかって？　それはもちろんアレンさん用よ。

「お待たせ。さぁ、イフリート。まずははちみつがかかってないもの食べてみて」

イフリートが頷《うなず》いて、両手――いえ、両の前足で器用にバタートーストを持って、口に運ぶ。

「うん、うみゃいぞ。バターってヤツはさっきの塩に近い味だな。ただこっちはカーってしないし、うみゃい」

「それはよかった。じゃあ、次はこれ」

ハニーバタートーストを示すと、それも間髪を容《い》れずパクリ。

瞬間、イフリートは金色の目を大きく見開いた。

「うみゃあぁぁぁっ！」

興奮した様子で足をバタバタさせて、もふもふの尻尾もぶんぶん振る。――ふふ、可愛い。

「はちみつって甘いな！　うみゃい！　うみゃい！」

「ああ、これはおいしいですね。はちみつとバターの相性がなんとも」

アレンさんもうんうんと頷く。お気に召したようでなによりです。

「じゃあ、最後はこれね」

最後に、バターはなし、はちみつだけのハニートーストを試してもらう。

期待に目をキラキラさせながらそれを食べて――イフリートは「あれっ？」と首を傾げた。

「これも甘くてうみゃい……けど……二番目のバターが入ってるほうがうみゃかった。なんでだ？

甘いのもうまいけど、甘いだけじゃなくてしょっぱい味がするのもすごくうみゃいぞ！」

「そう、それが甘じょっぱい！」

「アマジョッパイ！」

「はい、リピート・アフター・ミー。『甘じょっぱいは正義』！」

「アマジョッパイは正義！」

イフリートが私に倣って前足を振り上げて宣言する。いや、可愛すぎでしょ。

「いいな！　アマジョッパイ！　アンバターってヤツも、ショコラバターってヤツも食べたいぞ！」

「イフリートもそう思う？　じゃあ、やっぱり小豆を見つけないと！」

決意を新たにする私に、ハニーバタートーストを完食したアレンさんが尋ねる。

「そのアズキですが、どんな豆なんですか？」

「生《な》っている様子はいんげん豆にとてもよく似ています。違いは、大きさですね。豆のさやも粒もいんげん豆よりもかなり小さいですね。粒はえんどう豆と同じか、それより小さい場合もあります。粒の色は赤銅色です。赤インゲンによく似た色ですね」

「赤インゲンによく似た色の小さい豆……」

「あ、食用として流通している豆はほとんど調べたので、おそらく……」

「はい？」

私の言葉に、アレンさんがポカンとする。

「食用として流通している豆はほとんど調べたって……ものすごい数だと思うんですが……」

「はい、ものすごい数でした」

しかも、少しでも似ている豆はすべて餡《あん》にして試食していたから、尋常じゃなくたいへんだった。

うっかり餡が嫌いになりかけたもの。

「でも私、やるならとことんって性格なので」

ヲタ活でもそう。私は好きになったらとことん調べて、調べ尽くして、お金も時間もつぎ込んで追いかけ倒すタイプ。

たとえば、『エリュシオン・アリス』だったら、最初に発売されたゲームをプレイして激ハマりし、攻略本を購入してさらに隅々までやり込んだ。それこそ悪役令嬢アヴァリティアの台詞《せりふ》まですべて覚える勢いで。ポータブルゲーム機に移植された際も、ストーリーは同じとわかっていても、追加ボイスとスチルのためにまた購入して、何十周とやり込んだわ。

ノベライズ、コミカライズもすべて購入。ボロボロになるまで読み込んだわ。だけじゃなくて、どんなに小さくても『エリュシオン・アリス』の記事が掲載されているアニメ雑誌やゲーム雑誌は必ず買って、その記事をスクラップ。

キャラCDやドラマCDも台詞を一言一句覚えるレベルで聞き倒す。グッズは推しにかんしてはほぼ網羅するし、推し以外にも限界までお金をつぎ込む。

貧乏社畜だったのに？　って思ったよね？　違うの、だから貧乏だったのよ。

うちの会社の給料は金額だけ見たら普通レベル。ブラックと言われた理由は、その金額に対して拘束時間や要求の過酷さなんかがまったく釣り合っていなかったからなの。つまり、同業の普通の会社なら週休二日、一日八時間勤務で得られる給料で、私たちは月休二〜三日、一日十二時間以上勤務をしてたってこと。

話を戻すけど、つぎ込んだのはお金だけじゃない。時間もだ。

たとえばキャラを演じた声優さん、キャラデザやスチル原画を担当したイラストレーターさんや、OPやEDを歌ったアーティストさん、もしわかるならシナリオ担当されたライターさんのHPやSNSまで日々チェックし、『エリュシオン・アリス』の情報は決して逃さないようにするとか、コラボカフェやイベントにはあまり行けないから（そこは社畜、休ませてもらえないからね……）行った人たちがブログやSNSに上げたレビューを漁《あさ》り倒すとか。

ブラック会社で社畜やってて、そんな時間どこにあったんだって思うだろうけれど、そこはそれ。睡眠を削れば、時間って結構できるもんなのよ。睡眠時間を半分にするだけで、一日三～四時間の自由時間ができるじゃない。

え？　そんなこと続けたら身体《からだ》を壊しちゃうって？　あ、うん。そのとおりだと思う。だから私、今、こんなことになってるんだと思うよ。

自分が死んだかどうかすらわからないって相当ヤバいよね。よい子は真似《まね》しちゃいけませんよ。

パンについても同じ。とにかく調べるのよ、私って。パンに使う食材はもちろんのこと、パンの歴史にまで詳しかったのはそのせい。

この世界に来てもその性質を遺憾なく発揮していて、小豆にかんしては本当に、本当に、本当に探しに探しに探し尽くしているのよね。

だからこそ、自信を持って断言できる。広く流通している豆に、小豆に近いものはないって。

「なので、見つかるとしたら、おそらく消費されているのがかなり局地的なものか、あるいは広く流通しているけれど食用として扱われていないものの中からだと思うのですが……」

「食用として扱われてない？」

「その可能性はあります」

日本でも、お手玉の中身、枕の詰めもの、楽器の材料なんかに使われているもんね。

「普通に煮ただけではかなり渋くて苦いので。あと、とても硬いんです。渋抜きという処置をしてさらに一時間ほど煮て、ようやく柔らかくなるぐらいで……」

「そんなにですか……」

アレンさんがうーんと考え込む。

そんなアレンさんを見つめたあと、イフリートは少し考えて、私を見上げた。

「なぁなぁ、グノームならわかると思うぞ」

「え？　グノームって……大地の精霊よね？」

「そうだぞ。アズキって植物なんだろ？　じゃあ、アイツに訊《き》きゃ一発だ。オレさまが呼んできてやろうか？」

「そ、それはダメっ！」

き、気持ちはありがたいけど、それだけは丁重にお断りさせていただくわ！

「なんでだよ？　ほしいんだろ？　アズキ」

ほしいけど！　喉から手が出るほどほしいけども！　でも、それはダメ！　ほかの精霊たちまで私が受肉させてしまうわけにはいかない。それはヒロインの役目だもの！

「呼んでくる……？」

アレンさんが眉《まゆ》を寄せ、イフリートを見る。

「待ってください。彼女にはほかの精霊を受肉させる力もあるってことですか？」

「当たり前だろ？　オレさまの声を聞いて、受肉させることができたんだから。火の精霊はできて、ほかの精霊はできないなんてことはないぞ。同じ精霊なんだから」

アレンさんはその言葉に息を呑《の》むと、ガタンと音を立てて勢いよく立ち上がった。

「やはり聖都に戻ります！　聖女のご誕生を報告しなくては！」

きゃあっ！　待って！

「そそそそれは、さっき話がついたじゃないですか！　ちょっと待ってくれるって！」

実は、クリームパンを焼いている間に、聖女の誕生を報告しに戻ると言い出したアレンさんと、それだけは勘弁してほしい私で……その……一悶着《ひともんちゃく》あったのよ。

そのときはなんとか『報告は必要だけれど、少しだけ待つ』って結論に着地してたんだけど……くっ！　蒸し返された！

「しかし、ほかの精霊も受肉できるのであれば……」

「げ、現状、できる能力があるってだけじゃないですか！　イフリート以外の精霊が私を認めて、受肉してくれるかどうかはまた別の話で！」

「えっ？　なに言ってるんだ？」

イフリートの「ティアが認められないわけがないだろ？　みんなすぐに受肉するさ」と言う口を慌てて手で塞《ふさ》ぐ。ごめんね、イフリート。ちょっと黙ってて！

「むぐぐ……」

「いや、しかし……」

「泣いて土下座しますよ？　いいんですか？」

こちとら社畜歴長いんで、まったく躊躇《ためら》いなく流れるように美しい土下座を披露できますけど、よろしいですか⁉

変な脅し文句だと自分でも思うけど、でもこれが実はアレンさんにはめちゃくちゃ効く。

クリームパンを焼いている間にその件で少し揉《も》めたって言ったでしょ？　その際に、「少しだけ待ってください！」って頭を下げたら、アレンさん悲鳴上げたんだよ？「や、やめてください！　聖女が頭を下げるなんて！　わかりました！　わかりましたからっ！」って。

どうやら、聖女のような尊い御方《おかた》に頭を下げさせることはとんでもない罪だと思っているみたい。まぁ、気持ちはわかる。私も陛下や神官長さまに謝られたりしたら、どうしたらいいかわからなくなるどころの騒ぎじゃない。あまりにも申し訳なさすぎてうっかり消えたくなるもの。

狙いどおり、アレンさんはビクッと身を弾《はじ》かせて――参りましたとばかりに深いため息をついた。

「……わかりました……」

よし！　勝った！

私はテーブルの陰でグッと拳《こぶし》を握り締め――なんだかひどくダメージを受けているアレンさんににーっこりと笑いかけた。

「もう蒸し返さないでくださいね？　じゃないと、泣いて土下座しますから」

「……はい……」

「じゃあ、小豆の話に戻っていいですか？　って言うか、イフリートがグノームの名前を出す直前、なにか思い当たるものがあったような反応してませんでした？」

「ええ……一つ、思い出したものが……」

アレンさんはもう一つ深いため息をついて——それから気を取り直した様子で私を見た。

「東の辺境の地に、ナゴンという名の豆があります。生っているところは見たことがありませんが、粒は小さく、もとの色は赤銅色——だったような気がします」

「もとの色？」

「ええ、ナゴンはそのあたりではお茶として飲まれています。そのままでは煮ても焼いても渋くて苦くて食べられないので、一晩水につけたあとじっくり炒《い》って、さらに乾燥させます。そのときの色は赤黒くなっているので……」

「お、お茶として飲むんですか⁉」

「そうなんです。やっぱり違いますか？」

「いえ、逆です！　小豆もお茶として飲むことがあるんです！」

おおぉ……！　これは……ひょっとしたらひょっとするんじゃないの？

「あの！　ナゴンはその辺境の地で栽培されているんですか⁉」

「いえ、森の中に自生しているのを採取しているだけのはずです。現状はマズくてお茶として飲むしかない豆なので、手間暇かけて栽培するメリットがないんだと思います」

おおっ！　聞けば聞くほど小豆っぽいじゃない！　ヨーロッパにおける小豆の評価って、最初はそんなもんだったし！

私は両手を握り合わせて、身を乗り出した。

「そのナゴンを試してみたいです！　東の辺境の地ってどこですか？　教えてください！」

「私が知っているのは、アズール地方のデミトナ辺境伯領ですね。ご案内しましょう」

「えっ⁉」

いやいやいやいやいや！　ここからデミトナ辺境伯領までどれだけかかると思ってるんですか！

「聖騎士さまに一ヵ月以上も時間を割いていただくわけにはいきませんよ！」

「ええ、もちろん、パン屋の準備を一ヵ月以上も中断させるわけにはいきません」

アレンさんが真顔で頷《うなず》く。いや、違う。気にするべきはそこじゃない。

「いえ、そうじゃなくて……」

「ですから、神殿のポータルを使いましょう」

「アレンさんを……って、ええっ⁉」

ポータルとは、ファンタジー作品やゲームなどに登場する、異世界または遠地に繋《つな》がる出入り口、または通り道のこと。まぁ、言うなればテレポート装置よ。

この世界のポータルは主要都市の神殿などに設置されていて、王族や国の重職の方々が地方での式典に赴くときや、視察に行くとき、神官さまが災害や魔物の被害に遭った地に復興や浄化などの目的で行かれる際、そして騎士さまや聖騎士さまが緊急の任務に当たる際などに使われている。

つまり基本的に、暗殺などを警戒しなくちゃいけないやんごとなき身分の方々に安全に移動してもらうためだったり、神官さまや騎士さま、聖騎士さまによる迅速な対応が求められるときなどに使われるもので、ニート（元・公爵令嬢）が、『あんぱんを作りたい』『小豆を見つけたい』なんてこれでもかってぐらい個人的な欲望を満たすために使っていいものじゃないのよ！

「いいいいいいいくらなんでも、ポータルだなんて……」

「いえ、これは聖騎士としての判断です」

アレンさんはそう言って立ち上がると、私の前に膝《ひざ》をついた。

「えっ⁉　ちょ、ちょっとアレンさ……」

「今や、あなたさまの御身は、王に匹敵するほど尊いものです。——いえ、王を凌《しの》ぐ。この国で、あなたほど貴重な存在などありません。なぜなら」

アレンさんが顔を上げ、金色に見えるその瞳《ひとみ》でまっすぐ私を見つめる。

「王には継ぐ者がいます。つまり、王は替えがきく」

一歩間違えば反逆ともとられかねない発言に、思わず息を呑む。

「ア、アレンさん！　それは……！」

「ですが、聖女は違います。先代の聖女——あなたの前に精霊の受肉に成功した方が亡くなられて、すでに三百年以上が経過しています。そのため、今を生きる人間は誰も、聖女の力を——受肉した精霊を目にしたことがない。伝承で知るだけです。正直、私は……」

そこで一旦《いったん》言葉を切ると、アレンさんが少し恥じ入った様子で俯《うつむ》いた。

「恥ずかしながら、しょせん伝承は伝承でしかないと思っていました。精霊に受肉できる人間など、実在するはずがないと……。それぐらい、聖女の存在は——その力は稀有《けう》なものなのです。本来ならば、私は聖騎士として一刻も早く聖都に戻り、聖女の誕生を報告しなくてはなりません。そして国を挙げて祝福とともに、御身をお守り申し上げなくてはならない」

「……！　そ、それは……」

「でも、あなたは少し待ってくれとおっしゃった。ほかならぬあなたの望みです、待ちましょう。しかし、それなら私はあなたから離れるわけにはいきません」

アレンさんが恭しく私の手を取る。

私を映す金色に似た双眸《そうぼう》が、強い意志に煌《きら》めく。

「私は聖騎士として、あなたを守ります。すべてのものから」

アレンさんの甘やかな唇が、そっと優しく私の指に触れる。

聖騎士として尊敬や忠誠——献身を表すキスに、心臓があり得ない音を立てた。

ひえぇっ！　ま、待って！　その奇跡の顔面をしてのそれは、破壊力えげつなすぎだから！　本当に凶器でしかないから！

「アアアアアアアアレンさ……！」

「ポータルを使うのも、現地まで私が案内するのも、常に傍《そば》にいてお守りするのも、当然のこと。どうか、それまで『やめて』なんておっしゃらないでください」

アレンさんが手に唇をつけたまま、上目遣いでじっと私を見て訴える。きゃ、きゃあーっ！

「はははははい！　わ、わかりました！　わかりましたからっ……！」

私は慌ててアレンさんの手から自分のそれを引っこ抜いて、後ろに下がった。

こっわ！　乙女ゲームって怖っ！　ちょっと気を抜くと、美と萌《も》えで殴ってくる！

「じゃあ、その……あ、案内お願いします……」

「はい、お任せを」

ポータルも……ちょっと申し訳ない気もするけど……ありがたく使わせていただきます……。

「ティア～？　どうしたんだ？　顔が真っ赤だぞ」

い、イフリート！　そこは今、いじっちゃいけないところ！

私は笑顔でイフリートを黙らせ、パンと胸の前で手を打った。

「じゃ、じゃあ、善は急げで準備をしてきます……！　アレンさんは」

私はボウルに卵を二つ割り入れ、そこに塩と砂糖とお酢を少々入れてアレンさんに手渡した。

「この卵をしっかりと混ぜていてください」

「はい？」

アレンさんがきょとんとして、手の中のボウルを見つめる。『デミトナ辺境伯領へ行く準備で、なぜ卵？』って思ってるんだろうな。

でも、食材採取に出かけるのよ？　当然、お弁当は必須《ひっす》でしょうが！

おそらく今日は移動だけで終わって、実際にナゴンを採取するのは明日以降になると思うので、現地でお弁当を作るのに必要な食材を持って行きます。これも立派な準備です。

戸棚からバゲットと食パンを、保存棚から自家製のジャムを数種類と自家製のピクルス、ハムを取り出してテーブルに並べる。

アレンさんに「そのまま混ぜててください」とだけ言って、寝室へ。

「まずは着替えだよね……」

さて、どうしよう。

ナゴンは森に自生してるって言ってたから、森に入るのに適した格好がいいよね。

「とはいえ、この世界の女性にパンツスタイルという選択肢はないのよねぇ……」

とにかく軽くて動きやすいもの。そして、汚れてもいいもの。えーっと……。

悩んで悩んで、最善と思う服を選んで着る。そして、大きめの肩掛け鞄《かばん》に着替えと下着、タオル、手袋や食材採取用の瓶、麻袋、念のため魔法薬《ポーション》など、必要なものを手早く詰める。

「よし！」

私は詰め終えた荷物を玄関に置いて、バスケットだけ持って再びキッチンに戻った。

「アレンさん、ボウルをテーブルに置いてください。私が油を少しずつ入れますので混ぜ続けてもらえますか？」

「はい」

絶えず混ぜ続けてもらいながら、ボウルの中に油を少しずつ加えていく。一気に入れてはダメ。分離しちゃうからね。

そのまま混ぜ続けて――白くもったりとしてきたらマヨネーズの完成！

それを瓶に詰めて、バゲットと食パン、ハム、自家製ピクルス、自家製ジャムや瓶詰バターとともにバスケットに入れたら、よし！　準備完了！

「お待たせしました！」

「おう！」

イフリートがぴょんと椅子から飛び降りて、私の足にふわりとすり寄る。

アレンさんも、年ごろの娘なら一発で天に召されてしまいそうな優しく美しい笑みを浮かべて、私の前に手を差し出した。

「では、参りましょうか」

◇＊◇

「は～着いた～！」

あのあと――家から一番近い町へ行って、乗合馬車でポータルが設置してあるアシェンフォード公爵領で一番大きな街の神殿へ。そこでアレンさんが話を通して（私のことは話さない約束だから、聖騎士の任務ってことにして。ちなみに私のことは、アレンさんが用意した神官のフードマントを被《かぶ》って顔と身体を隠して従者ってことに）ポータルを使用、本当に一瞬でアズール地方のデミトナ辺境伯領にたどり着いた。ポータルってすごい！　便利！

あの身体を包む光と浮遊感は、さすがファンタジーの世界って感じがしたわ。

アズール地方は、王都や西側のアシェンフォード公爵領とは街並みや建物、人々の服装の感じがかなり違ってて、私たちの世界でいうブルガリアやセルビアな感じ？　ブルガリアの民族衣装ってものすごく可愛いよね！　思わず道行く人をまじまじと見つめちゃったよ。

ポータルはどの神殿にもあるわけじゃなくて、領地につき一つか二つ。だから、だいたい領内で一番大きな神殿にあるもの。ナゴンが自生しているのは山とか森らしいから、まずはアレンさんが聖騎士服を着替えるべく服を調達がてら聞き込みをして、ナゴンが飲まれている地域を特定。

そして、乗合馬車にゆらゆら揺られること数時間——アシェトという名ののどかな村に到着。

もちろんすでにとっぷりと日が暮れていたので、御者に教えてもらったその村唯一の宿屋へ行き、今やっと部屋に落ち着いたところだ。

ちなみに移動中、イフリートは身体を見えないようにして、そして極力しゃべらないようにして、私たちについてきていた。受肉しても、姿を消すことはできるんだって。

木製のベッドが二つあるだけの小さな部屋だけど、掃除は隅々まで行き届いていて清潔感がある。木の清々《すがすが》しい香りがとても落ち着く。

「……あの、大丈夫ですか？」

アレンさんが部屋の隅に荷物を置きながら、少し心配そうに言う。

「え？　何がですか？」

「ええと……貴族のご令嬢が利用するような宿ではないと思うので……」

「あ、そういうのは大丈夫です。修道院暮らしをしていたぐらいですし」

そもそも中身は貴族どころか社畜だしね。安いだけが取り柄の古いビジネスホテルや女性ＯＫのカプセルホテル、ドミトリータイプのホテルにも慣れてるもの。ひどいときはネットカフェ宿泊もあったぐらいだし。だからむしろここはかなりいいほうよ。お日さまの香りがするシーツで手足を伸ばして眠れるだけで、どれだけありがたいか。

「では、私は外で見張りをしていますからゆっくり休んでください」

「えっ⁉」

私はびっくりして、出て行こうとするアレンさんを引き留めた。

「ちょ、ちょっと待ってください！　なぜ出て行く必要が？」

「ですから見張りを……」

「いえ、この部屋、鍵《かぎ》がかかるじゃないですか。それにこのあたりの治安はかなりいいって聞きましたよ？　な～んにもない田舎だからこそ、村のみんな家族みたいな感じだって……」

そのうえ、私はごく普通～の格好をしているもの。私が元・公爵令嬢だなんて誰も思わないはず。村民みんなが家族みたいなところで、お金を持っているとも思えない私を襲って、なんの得が？

村八分願望でもあるならともかく。

「見張りなんて必要ないでしょう？」

「いえ、しかし……あなたは聖女の資格を有しているわけで……」

「百歩譲ってそうだとしても、村の人たちはそれを知らないじゃないですか」

「いや、それは……そうなんですが……」

アレンさんが困ったように視線を彷徨《さまよ》わせる。

「アレンさん？」

「あの……この宿は、この部屋と大部屋の二部屋しかないそうで……いつもは空いているそうなんですが、今日はたまたま荷運びの集団が泊まっていて、ほかにベッドがなかったので、その……」

アレンさんが私から視線を逸《そ》らしたまま、かぁっと顔を赤くする。

「その……私は聖騎士です。俗世の欲は捨てておりますが、それでもレディと同じ部屋で眠るのはどうかと……」

ああ！　そ、そういうこと？

ようやくアレンさんの言わんとしていることを理解して、私も顔を赤らめた。

ご、ごめん！　前世から筋金入りの喪女やってるもんだから、そういう感覚ってもう完全に麻痺《まひ》してるって言うか！　むしろ退化しちゃってるのよね！

「なんでだめなんだー？」

イフリートがきょとんとして首を傾げる。あ、そこは理解しなくてもいいの、イフリート。いつまでも無垢《むく》な存在でいて。

「で、でも、もうすでに、一つ屋根の下で眠ったことはあるわけですし……」

「いや、さすがに同室じゃなかったじゃないですか……」

そ、そうだけど……。でも、私の寝室には鍵なんてついてないから、ぶっちゃけ同室で寝るのと変わらなかったわけだし……。壁があるっていうのは心理的に大きかったのかもしれないけど……。

「だ、大丈夫です。襲ったりしませんから」

「逆でしょう。襲われる心配をしましょうよ……」

え？　でも、アレンさんのほうがあきらかに美人だしなぁ……。

それに、アレンさんは清廉潔白であるべき聖騎士だよ？　そういう欲望は、本人も言うとおり、ないはず。まぁ、それを言ったら、私にもないんだけどね？　私は清廉潔白ではなく、筋金入りの喪女だからなんだけど。

「ティアのことはオレさまが守るから、なにも問題ないぞ！」

イフリートが無邪気に言う。そうだね！　そうだよ！

「この子の前で、そういうことをしようって気になります？　ならないでしょう？」

イフリートをぎゅ～っと抱っこしながら言うと、アレンさんが「それは、まぁ……」と頷《うなず》く。

「しかし……だからと言って……」

「私は気にしません。アレンさんが嫌でないなら、隣で寝てください。むしろ、明日は朝早くから山に入るわけですから、できればしっかり休んでほしいです」

ポータルを使ってかなり短縮できたとはいえ、それでも馬車での移動距離も相当あったわけだし、アレンさんはさらに聖都から私の家までも移動してきてるわけだから。

私がそう言うと、アレンさんは観念したように「わかりました……」と息をついた。

「同じ部屋で眠ったなんて……アルザールに知られたら殺されるな……」

「え……？」

アレンさんが小さくポツリと呟《つぶや》く。私は聞き慣れた名前に思わず目を丸くした。

「アレンさん、兄をご存じなんですか？」

「え？　あ、はい。彼は優秀な騎士ですからね。聖騎士の間でも、彼の名は有名です」

優秀な騎士だから知ってるって感じじゃなかったけど……。なんて言うか、昔からよく知ってる仲のような……。

まぁ、でも、詮索《せんさく》するようなことじゃないか。

「じゃあ、明日も早いですし、階下の食堂で何かお腹に入れたら休みましょうか」

気を取り直してにっこり笑った私に、アレンさんは覚悟を決めた様子で肩をすくめた。

「……そうしましょう」

◇＊◇

ざわざわと木々がざわめく。

ほとんど手入れをされていない深い森の中。木々が陽光を遮るほど枝を伸ばし、鬱蒼《うっそう》としている。

背の高い草も生い茂っており、その間を縫うように獣道が通っている。

でも、不気味な感じはしない。どこからか聞こえるせせらぎに合わせて、小鳥が歌っている。

苔《こけ》むした地面は滑って厄介だけれど、上も下も周り三六〇度すべて緑に染まった世界は幻想的で、息を呑《の》むほど美しい。

「大丈夫ですか？　その先にはあるはずです。このあたりまで入ってくる人は少ないので」

先を歩く案内人のおじさんが振り返って、微笑《ほほえ》む。

「そう願います……」

実は、朝からおじさんがナゴンが生えているポイントを案内してくれてるんだけど、もうすでに二ヵ所振られているのよね。

枯れて黒くなった豆のさやはたくさん地面に落ちていたから、デタラメを言ってるわけじゃなく、おじさんの言うとおり、普段はそこにあるんだろう。今回ろくに見当たらなかったのは、少し前に誰かが摘《つ》んでしまっただけだと思う。

「少し休みますか？」

アレンさんが心配そうに私を見る。私は首を横に振った。

すでにお昼過ぎ。道らしい道のない森を歩き続けているから、かなり体力を削られているけれど、だからこそ今座ったらもう立ち上がれなくなっちゃう気がする。お昼にお弁当を食べたときも、再び動き出すのに苦労したもの。

アレンさんやおじさん――姿を消しているイフリートには、お弁当の玉子サンドやハムサンドがすごく力になったみたいだったけど、私は実はその時点で疲れ切っていたから、サンドウィッチも半ば無理やり詰め込んだところがあって回復するどころか気持ち悪くなっちゃったぐらいだし、今にいたっては――もはやライフはゼロを通り越してマイナス。気力だけでっていうか、小豆への渇望だけで動いてる感じだもの。

「あと少しみたいですし、大丈夫ですよ」

「それならいいですが……。無理はしないでくださいね？」

「オレさまが乗せてやろうか？」

どこからか、イフリートの声がする。私は慌てて頭を振った。

「あ、ありがとう。気持ちだけ受け取っておく」

姿を隠したままそれをやったら、おじさんの目にどう映るか……考えるだけで恐ろしい。

「ああ、ありましたよ！」

先にいるおじさんが、ホッとしたような声を上げる。

私は息を呑んで、おじさんのもとに急いだ。

「ほ、本当ですか？」

「ええ、あれです」

おじさんが指差した方向を見て、私は目を見開いた。

生長途中で折れてしまったのだろう。私の背丈ぐらいある植物が折り重なって藪《やぶ》と化していた。

畑で栽培しているわけじゃないから当然と言えば当然なんだけど、あまりに雑然としすぎていて、一瞬「え？　これが？」と思ってしまったけれど、その植物にはたしかに茶色くなった豆のさやが無数にぶら下がっていた。

駆け寄って、さやの一つをちぎって豆を取り出してみる。

「っ……！」

赤褐色の見慣れた豆——間違いない！　小豆だ！

思わず身を震わせ、空に両手を突き上げてガッツポーズ。

「やったぁーっ！　あったぁーっ！」

「探していたものですか？」

「はい！　そうですっ！　これがほしかったんですっ！　きゃーっ！　やったぁっ！」

思わず、アレンさんを抱き締めてしまう。

「っ……ティ、ティア……！」

「アレンさんのおかげです！　ありがとうございますっ！」

「お、お役に立てたようで、よかったです……！」

大喜びする私と顔を真っ赤にしてあわあわしているアレンさんに、おじさんが心底不思議そうに首を傾げる。

「こんななんの価値もない豆が、そんなにほしかったんだねぇ……」

価値がないなんてとんでもない！

「色も形もいいし艶《つや》もあって、なにより大粒！　まるで最高級の大納言みたいじゃ……あぁっ⁉」

ナゴンって名前はそういうこと⁉

「たしかに、小豆よりもナゴンのほうが異世界感あるよね」

「はい？　イセカイ、とは？」

あ、気にしないでください。こっちの話です。

私はその場に膝《ひざ》をつき、ナゴンのさやに触れた。

「ナゴンってシーズンがありますよね？　今の時期しか採れないなら……」

ここにある分をすべて採ったとしても、一年分って考えたら全然足りない。毎回ここまで採りに来るのもたいへんだから、栽培するってなるとさらに量が必要になる。

さて、どうするか——考え込んだ私に、おじさんが「いーや」と首を横に振る。

「ナゴンは一年中採れますよ」

「ええっ⁉」

たしかに、この世界は常春に近いというか——冬以外はあんまり寒暖差がないけれど、それでも植物はきちんと四季を守ってたり、魚介類にも旬があったりするから、ナゴンも小豆と同じように種まきの時期や収穫の時期があるんだと思ってた！　一年中⁉

こ、こんな最高級大納言が一年中手に入るなんて最高すぎるんですが⁉

「じゃあ、とりあえず栽培に成功するまでは、現地の方々に採取してもらってそれを買い取る形でなんとか……」

頭の中でそろばんをはじき出した——そのときだった。

「ティア！」

鋭い声とともに、イフリートが姿を現す。

と同時に、アレンさんが身構えた。

「え？　な、なに……？」

「ひ！　な、なんですか⁉　その赤いのは！」

驚く私の横で、おじさんもまたイフリートを見て悲鳴を上げる。

「ま、ま、魔物……！　魔獣なのでは⁉」

「はぁ⁉　オレさまが魔獣⁉」

イフリートがムッとした様子でおじさんをにらむ。

「静かに。——大丈夫です。彼は、我らを守ってくださる存在です」

ある一点を見つめたまま、密《ひそ》やかな——だけど厳しい声で言って、アレンさんが何もない空間に手を掲げる。

その手の上に、銀色に光り輝く美しい剣が現れた。

この世界に、その剣を知らぬ者はいない。

「あ、あなたは、聖騎士さまだったのですか⁉」

「ええ、聖騎士として嘘偽りないことを誓いますから——静かに。ヤツらを刺激しないように」

ヤツらって……。

その言葉に息を呑んだ瞬間、木々の向こうからグルルルッと獣の唸《うな》り声のようなものが聞こえる。

おじさんはビクッと身を震わせ、両手で口を塞《ふさ》いだ。

「獣、ですか……？」

ごくごく小さな声で尋ねると、イフリートが聞いたこともない厳しい声で「違う」と答える。

「魔物——魔獣だ」

魔物とは魔の性質を持つバケモノの総称。その中で、私たちがよく知る獣の形をしているものを魔獣と呼ぶ。魔物の中には知性を持ったものも存在するけれど、魔獣は魔性——魔の性質を持っているだけで、野生の獣と変わらず本能に従って行動するもの。基本的に人間のような知性は持たず、意思疎通をはかることはほぼ不可能とされている。

「ど、どうして……？　ここは、魔物が出るような地域じゃないって……」

「そのはずです。魔物による事件があったなんて、聞いたことがありません。討伐要請はもちろん、魔物を目撃したという報告すら上がったことはないはずです」

おじさんを見ると、彼も両手で口を塞いだまま首を縦に振る。

「そもそも、そんなことが一度でもあったのなら、ここにあなたを連れてきていませんよ」

「それなら……どうして……」

グルルルルッという唸り声が、どんどん近づいてくる。

「足音は五……いや、七か？」

ブツブツと呟くアレンさんの横に、イフリートが並ぶ。

「ああ、全部で七匹だな。オレさまならすぐに片づけられるけど……このあたりを焼いちゃうのはマズいよな？」

イフリートがそう言うと同時に、木々の間から闇色の身体をした大きな狼《おおかみ》が姿を現わした。

瞳《ひとみ》は緋色《ひいろ》。牙《きば》は口の中に収まり切っておらず剥《む》き出して、絶えずダラダラと涎《よだれ》を垂らしている。

その体躯《たいく》は、普通の狼のゆうに三倍はあるだろう。

思わず悲鳴を上げてしまいそうになって、私はおじさんと同じように両手で口を塞いだ。

ゲームをプレイする中で、魔獣は――いえ、魔獣どころかもっと強大な魔物も数え切れないほど見たわ。でも、実際に目の当たりにするのははじめて。なんて、なんて禍々《まがまが》しい姿なのっ……！

全身がガタガタと震え出す。

あ、あんなのが七体もいるなんて！

「あ……あぁ……」

おじさんがもうダメだという顔をして、へなへなとその場に崩れ落ちる。

けれど、さすがは聖騎士――アレンさんは一切動じる様子もないどころか、微笑みさえ浮かべてヒュンと剣を振った。

「そうですね、燃やしてしまうのはちょっと……。七体なら問題ありません。私一人で片づけます。イフリー……いえ、あなたは、ティアの傍に」

「おう、大丈夫か？」

「ええ、お任せを」

二人のやり取りにギョッとして、私は慌ててアレンさんの服を引っ張った。

「あ、アレンさん！　一人でって！」

あんなのを一人で相手するなんて、危険すぎる！　ダメですよ！

唸り声がさらに大きくなり、一匹、また一匹と、魔獣が木々の間から出てくる。

「ひっ……！」

「大丈夫ですよ、すぐに終わります」

アレンさんが私を見つめて、穏やかに言う。

そして、やんわりと私の手を袖《そで》から外すと、にっこりと笑った。

「イフリートを抱っこしていてください」

「あ、アレンさ……」

「ご安心を。あの程度に後れを取る私ではありません」

それだけ言って、アレンさんが魔獣に向かって駆け出す。

「ティア、オレさまを抱っこしてろ～」

イフリートが後ろ足で立ち上がって、前足で可愛くおねだりする。

私は唇を噛《か》み締《し》めて、イフリートを抱っこした。

「だ、大丈夫だよね？」

「ダメだったら、オレさまが片づけてやるから大丈夫だぞ」

だ、ダメだったなんてことがあっちゃダメなんだけど⁉　それって、アレンさんが大怪我《おおけが》したか、死んだかしたらの話をしてない⁉

「い、イフリート！　ダメだったらって……なにかあってからじゃ遅いの！　ナゴンはまた探せばいいから、アレンさんに加勢してくれない？」

「そうしてもいいけど……でも大丈夫だぞ。アイツ、持ってるの神聖力だけじゃないからな」

「え……？」

神聖力だけじゃ――ない？

その言葉に目を丸くした瞬間、ギャオォオオオッとこの世のものとは思えない悲鳴が響き渡る。

私はビクッと身を弾かせて、慌ててアレンさんのほうを見た。

黒い血を撒《ま》き散《ち》らしながら、魔獣がドッと地面に倒れる。それだけじゃない。私がイフリートを抱っこしている間に、すでに二匹が息の根を止められていた。

「え？　す、すご……！」

「なにもすごくない。当然だぞ。アイツ、魔力も相当なものだからな」

「そうなの？　でも、聖騎士さまって神聖力で戦うものよね？　魔物にはそれが一番有効だから」

「そうだぞ。魔物の弱点は聖なる力だからな」

そう――。聖騎士は神聖力を扱う技を磨きに磨き抜いた存在だ。神聖力で魔物を退治し、穢《けが》された地を浄化することがお仕事だから。

「あ……！」

今、気づいたけれど、そういえばはじめて会ったときからアレンさんは変なこと言ってた。

転移は魔法だ。つまり、魔力を使って起こす奇跡。

魔力は、人が身体の内側に持つ力。

対して、神聖力は、自然界に溢《あふ》れる力――本来なら人間には扱えないどころか、普通の人間には知覚することすらできない神の領域の聖なる力のこと。

同じ奇跡を起こす力でも、この二つは根本的に違うもの。

聖騎士とは、常に己を律し、不浄を退け、清らかであることを心掛け、そのうえで厳しい修行を重ねて、神聖力を扱えるようになった方々だ。

魔法だって、魔力を持ってさえいれば誰にでも使える――なんて、簡単なものじゃない。

魔法には複雑な手順や制約がつきもの。しっかり勉強して魔法についての知識を習得したうえで、鍛錬に鍛錬を重ねて魔力というエネルギー源を正しく魔法という奇跡に変換する術《すべ》を――そしてそれを自在にコントロールする力を身につけて、はじめて使えるものだ。

つまりね？　一つを自在に扱えるようになるだけでもすごくたいへんなことなのよ。神聖力も魔力も両方使うだなんて――そりゃ、理論上は不可能ではないんだろうけど、実際問題それを可能にした人物なんて聞いたことがない。

魔法――魔力を使う人は神聖力を使えない。反対に、神聖力を使う人は魔法を使えない。

それが当たり前だ。

だから、聖騎士が遠征される際の移動はポータルを使ったり、神殿所属の魔法士を同行させたり、あとは馬や騎獣に乗ってゆくのが普通だ。聖騎士自身が転移の魔法を使うなんて、たしかに聞いたことがない。

そうだ……。あまりにもサラッと魔力がどうだとか、聖都まで飛ぶとか言ってらっしゃったから気がつかなかったけれど、よく考えたらものすごく変なことだわ。

アレンさんっていったい……。

「ギャァァオォォオ！」

アレンさんが手から放った金色の光に焼かれて、魔獣が塵《ちり》になる。

その背中に飛び掛かってきた魔獣を剣で一刀両断し、もう片方の手で最後に残った魔獣を指差す。

瞬間、鋭い風が矢のようにそれを襲う。風の刃《やいば》に切り刻まれて、魔獣はこと切れた。

「…………」

す、すごい……！

神聖力と剣技と魔法の鮮やかすぎる連携で、あっという間に七体の魔獣を倒してしまった……。

アレンさんの強さを目の当たりにして――あらためて思う。

このアレンさんをあそこまで疲弊させる任務って、どれほど過酷なものだったんだろう？

ヒロインが聖女として覚醒《かくせい》していないことといい、魔物による被害がそこまで深刻になっていることといい、悪役令嬢がイフリートを受肉させてしまったことといい――そして、過去に魔獣の目撃情報すらなかった場所に、あんな魔獣が現れたことといい、本当になにが起きているの？

アレンさんが剣を消し、転がっている魔獣の死体たちに手をかざす。

眩《まばゆ》い金の光が死体を――飛び散った血までもを塵にして消し去り、地を浄化する。

「――終わりましたよ」

アレンさんが戻ってきて、にっこりと笑う。

いつもと変わらない――優しくて、穏やかで、息を呑《の》むほど綺麗《きれい》な笑顔に、きゅうっと胸が締めつけられる。

「け、怪我はありませんか？」

「ええ、ありません。ティアは大丈夫ですか？」

「わ、私はなにも……。アレンさんが守ってくださったので……。イ、イフリートも傍にいてくれましたし……」

私はイフリートを抱く腕に力を込めて、唇を噛んだ。

「で、でも……怖かった……です……」

まだ震えが止まらない。

「ア……アレンさんが、怪我をしたらどうしようって……！」

意外な言葉だったのだろうか？　アレンさんが目を丸くする。

「わ、私……魔獣のことには詳しくないですし……。アレンさんの強さも、知らなかったので……す、すごく……怖かったです……！」

「ティア……」

「ま、守ってくださるのはとても嬉《うれ》しいです……。ありがとうございます……。で、でも、それと同じぐらい、ご自身も大切にしてください……。お願いします……」

一人で片づけるなんて言わないで。勝算があったのだとしても、嫌だ。

イフリートを頼ってくれてよかったの。ナゴンなんてまた探せばいいんだから。

「ティア……」

私の言葉に、アレンさんがなぜだか頬を染める。

「私の心配など不要ですと言いたいところですが――約束しましょう」

アレンさんが微笑んで、そっと優しく私の手を取り、くちづけをする。

「あなたの笑顔を守るために」

温かくて、優しくて、甘い──唇の感触と、嬉しくてたまらないと言わんばかりの幸福感溢れる笑みに、ドキンと心臓が音を立てて跳ねた。

「っ……アレンさん……」

「ナゴンを採取して、早めに森を出ましょう」

「あ……！　は、はい……！」

私はイフリートを下ろして、急いでバッグから採取用の瓶と麻袋を取り出した。

そして、呆然《ぼうぜん》と座り込んだままのおじさんに駆け寄った。

「あの、おじさんも大丈夫ですか？」

「え……？　あ、は、はい！」

ようやく魂が戻ってきたのか、おじさんがビクッと身を弾かせて私を見上げる。

「て、手伝います！」

「あ、ありがとうございます。ではあきらかに小粒なものや傷があったり変形しているもの以外をこの袋の中に入れてくださいますか？」

「は、はい！　わかりました！」

おじさんは立ち上がって、袋を受け取って──それからあらためて私を見つめると、おずおずと口を開いた。

「あの、それで……あなたさまはいったい……」

あー……まぁ、そうだよね、疑問に思わないわけないよね。巨大な真紅の猫っぽいものを連れて、聖騎士に守られている存在って、私ですらなにさまだって思うもん。

なんて答えよう？　『悪役令嬢』はあくまでゲーム内での私の役割でしかないから、普通の人に言ったたって通じないしなぁ……うーん、どうしよう？

「えーっと、もうすぐパン屋です」

「はい……？」

◇＊◇

「いったいどうなってるのよ！」

アリス・ルミエスは金切り声で叫び、苛立《いらだ》ちに任せてテーブルの上のティーカップを手で払った。

それは床に叩《たた》きつけられ、ガチャーンとひどく耳障りな音を立てる。

それにまたイライラする。

「なんでエピローグがシナリオどおりにならないのよ！　もう二年よ？　二年！」

攻略は完璧《かんぺき》だったはずだ。生前――アリス・ルミエスとして目を覚ます前にどれだけエリアリをやり込んだと思っているのか。ステイタス画面がなくったって、絶対の自信でもって断言できる。

間違いなく最大好感度でトゥルーエンドを迎えているはずだ。

「そりゃ、精霊と交流を持つことはできなかったから、ちょっとズルはしたけど……」

どれだけ待っても精霊の声が聞こえることはなかった。だから、ヒロインが精霊と戯れる様子を攻略対象や悪役令嬢が目撃するシーンのいくつかは、魔法でそれっぽく偽装した。それは認める。

だが、それ以外は完璧だったはずだ。

その証拠に、王太子ルートのトゥルーエンドを迎えることができた。悪役令嬢の断罪シーンも、クリスティアンからの告白シーンも、ゲームそのままだった。寸分のくるいもなかったのに。

それなのに、エピローグがシナリオどおりにならない。

相変わらず精霊の声は聞こえず、交流を持つこともできていないから、聖女としての立場を確立することもできていない。

聖女として認めさせることができていないから、王太子妃になるどころかまだ婚約すらできていない。

王太子——クリスティアンは相変わらず優しいし、愛してくれるけれど、気のせいだろうか？

少しずつ態度が変わってきているというか、以前と比べて情熱が落ち着いてきている気がする。

どこまで本当かはわからないが、王宮内で彼の立場が微妙になってきているという噂《うわさ》も聞いた。

「国王の一人息子で、どうして立場が悪くなることがあるのよ……」

王位継承者には、大公——国王の弟でクリスティアンの叔父にあたる殿下も名を連ねているが、クリスティアンが健在である限り継承順位が入れ替わることなどありえないだろうに。

「なんでうまくいかないの？」

聖女になって崇《あが》められ、愛されて、王妃になって女性として頂点に立ち――誰よりも幸せになるはずだったのに！

ギリッと奥歯を噛《か》み締《し》める。

――と、そのとき。コンコンと控えめなノックの音が室内に響く。

アリス・ルミエスはハッとしてドアのほうを見つめた。

「――失礼いたします、アリスさま」

穏やかな執事の声がする。アリス・ルミエスは内心舌打ちをして、はーっとため息をついた。

「なんですか？　しばらく誰も近づかないでくださいと言ったはずですが」

「申し訳ありません。しかし、お客さまがお見えになりまして」

「お客さま？」

「――私です、アリス嬢」

「えっ……！」

アリス・ルミエスはぱぁっと顔を輝かせると、ドアへと駆け寄った。

そして、素早くそれを開け放つと、そこに立っていた男性の胸に飛び込んだ。

「ギルフォードさま……！」

「えっ……？　あ、アリス嬢？」

ギルフォード・マークス・アルマディン侯爵令息――攻略対象の一人。将来の騎士団長と目される彼は、ドギマギした様子で頬を赤く染めた。

「来てくださって嬉しいです！　今日は、どうなさったんですか？」

「あ……申し訳ありません、ご連絡もせず……。とくに用があったわけではないのですが……」

「え？　とくに用事もないのに会いに来てくださったんですか？　そういうのが一番嬉しいです！　ありがとうございます！」

にっこり笑うと、ギルフォードがさらに顔を赤くする。

「じゃあ、お庭でお茶をしませんか？　ダリアが見ごろなんです」

するりと彼の腕に自身のそれを絡めて誘うと、ギルフォードが嬉しそうに頷《うなず》いた。

「喜んで」

アリス・ルミエスは再び清らかで華やかな笑顔をギルフォードにプレゼントすると、控えていた執事に視線を投げた。

「ディーン、お庭にお茶の用意をしてくださる？　あと、ごめんなさい。不注意でカップを割ってしまったの。片づけておいてくださるかしら」

執事はなんだかもの言いたげにアリス・ルミエスの顔を、ギルフォードに絡めた腕を、そして部屋の中――床で砕け散っているティーカップを見る。

「………」

しかし、結局なにも言うことなく、胸に手を当てて頭を下げた。

「――かしこまりました」

「お願いね」

――嫌な男だと思う。口には出さないものの、視線や態度に自分を認めていないのがありありと表れている。クリスティアンとの婚約が成ったあかつきには、絶対にクビにしてやるんだから。

「今も変わらず気にかけてくださって嬉しいです。ギルフォードさま」

「そんな……ご迷惑ではありませんか？」

「全然！」

ギルフォードが蕩《とろ》けそうな笑顔を見せる。

アリス・ルミエスを映す双眸《そうぼう》は、あきらかに恋をしている者のそれ――。

ギルフォードは現在、第三騎士団所属の騎士だ。いくら学生時代はクリスティアン王太子殿下の側近で気の置けない友人だったとはいえ、今は王太子と騎士団の騎士という立場。お仕えするべき王太子の恋人に、王太子の不在時に会いに来るだなんて――あまつさえ二人きりになるだなんて、本来なら許されることではない。

でも、そうせざるを得ないほど、ギルフォードは自分に恋してしまっている。

「あ、そうだ。先日、ノアくんからお手紙とプレゼントもいただいたんです」

「え……？　ノアが……？」

ギルフォードの顔が曇る。

ノアとは、ノア・リデル・アルマディン侯爵令息。ギルフォードの弟。彼も攻略対象の一人で、魔法の才能は群を抜いており、学園設立以来の天才と称されている。今年エリュシオン王立学園を卒業する予定だ。

「はい、おいしいお茶とお菓子を。最近、学園の女の子の間で話題になっているものらしくって、すごく可愛くて嬉しかったです。会ったときには、よろしくお伝えください」

「はい……」

ギルフォードの目に嫉妬《しっと》のような色が見え隠れする。アリス・ルミエスはフッと目を細めた。

心の中の不安が溶けてゆく。

大丈夫。自分はヒロインだ。それは揺らがない。

攻略対象たちからも、今も変わらず愛されている。

焦ることはない。きっとなんとかなる。

「大丈夫よ……」

自分には、最高に幸せな未来が約束されている――。

第四章　パンがこの世界を救うのです？

「おぉっ！　聖女さまと聖騎士さまだ！」

一夜明けて――朝。宿の食堂に入った途端、わっと歓声が上がる。

私はびっくりして、思わずその場に立ち竦《すく》んでしまった。

聖騎士さまはあってるけど……せ、聖女？

――って、えっ⁉　食堂、満員なんだけど⁉　なんでこんなに人がいるの⁉

「ありがとうございます！　魔獣を退治してくださって！」

「被害が出る前に対処していただけて、本当に助かりました！」

たくさんの人たちが口々に私とアレンさんを称《たた》えながら、わらわらと近寄ってくる。

「いやぁ、幸運だったなぁ！　偶然、聖女さまと聖騎士さまがいらしていたなんて！」

「本当になぁ、これぞ主のお導きというヤツだろう。ありがたい！」

「それにしても、まさかこの村の近くに魔獣が出るなんて……信じられねぇよ」

「そうだなぁ……。今後も出るようになったらどうしたらいいんだ？」

「どうしたらいいって……俺らにゃどうしようもねぇだろう」

みなさんが不安そうに視線を交わし合う。

「ホラ、アンタたち！　囲んじまったら、お二人がお食事できないだろ？」

そのとき、宿屋のおかみさんがパンパンと手を打って声を上げた。

「すみませんねぇ。うち、食堂だけでも利用できるんで、宿泊客じゃないからって断れなくて」

「あ、いえ、大丈夫です」

一階が食堂、二階が宿泊部屋というタイプの宿は、この世界の主流だ。

そもそも、この世界——そして十九世紀半ばのヨーロッパでは、食事をするためだけのお店ってものすごく少ない。

営業時間が固定で、客がメニューから好きなものを選んで注文するっていう形式の——いわゆるレストランができたのは十八世紀の後半のこと。それも、今のようにメニューが豊富ってわけじゃなかったの。でも、当時は、『食事をするためだけの店』で『食べたいものを選べる』ってだけでかなり画期的だったみたい。

それまであったのは、食事もできる店——つまり、食事はおまけなの。パブ——酒場だったり、ここのような宿屋、あとは紳士の社交場であるコーヒーハウスなどがそれにあたる。

あとは、食事をするためだけの店だけど、メニューが存在しない店。あるいは特定の料理だけを出す店——たとえばローストチキンが食べられるお店とか、日替わりで豚肉料理だけ出す店とか。お任せ一品のみの店みたいなのは中世の時代からあったようだけど、絶対数は少なかったみたい。

だから、十九世紀半ばのヨーロッパがモデルのこの世界でも、王都には貴族専用のレストランが結構あるけれど、そうでなければ食堂兼宿屋が一軒のみなんてところはまだまだたくさんある。

普段から宿屋を食堂として利用していて、徒歩圏内に住んでいるから泊まったことは一度もないけれど常連って人はわりと多いの。

ちょっと驚いたけれど、聖騎士さまがプライベートでいらしてるってなったら、じゃあこの村で唯一の宿であるここに泊まっているだろうって考えるのは自然だよね。

そのうえ、近くに魔獣が出るなんてショッキングなことが起きたんだもの。退治してくださった聖騎士さまにお礼を言いたい、今後が不安だから話を聞きたいって思うのもごく自然なことだし、当然のことだと思う。私でも食事がてら行こうかなって考えると思うもん。おかみさんが謝ることじゃないわ。

当然、アレンさんや私のことを慮《おもんぱか》って、やってきた常連客を断る必要なんてない。

「ホラ、うるさくするんじゃないよ！　そして、注文しないヤツは出てってくんな！」

おかみさんが人垣を崩して、テーブルを空けてくれる。それで充分。

「あ、あの、おかみさん。また厨房《ちゆうぼう》を少しお借りしたいのですが……」

おずおずと申し出ると、おかみさんが振り返ってにっこりと笑う。

「あ、はいな。何か食材は使われます？」

すでに昨日の朝に朝食とお弁当作りに、帰ってきてからは夕食作りに厨房を借りているから、おかみさんも慣れたものだ。

「全粒粉……小麦粉を少しと、卵を。あとは、チーズや余っているお野菜があれば」

私はそう言いながら、ふと傍らでお食事中のお兄さんの手もとを見た。

「今日のメニューは、トマトの煮込み……いえ、スープですか？」

食堂って聞くと、私たちはついついいろいろな料理が食べられるところを想像してしまうけれど、こういったところの食事はだいたい一種類のみ。『出されたものを食べる』が基本だ。

「はい、トマトと鶏《とり》のスープです。召し上がります？」

「はい、二人分お願いします」

私は朝はそれほど食べないけど、アレンさんとイフリートはしっかり食べるほうだから、あるといいかもしれない。

「わかりました。すぐに用意しますね」

おかみさんはそう言って、ふと私の周りを見回した。

「あのぅ、聖女さま？　赤いお猫さまがご一緒なんじゃ？」

「え……？」

赤いお猫さまとは？

私は一瞬ポカンとして――だけどすぐにイフリートのことだと気づいて、慌てて頭を下げた。

あ！　そ、そっか！　昨日、案内のおじさんにイフリートを見られてたんだった！

「す、すみません！　だ、黙って連れ込んでて……そ、その……ええと……」

「ああ、いいんですよ。いえ、もちろん普通の猫は絶対にダメですけどね？　聖騎士さまがお仕えしている聖女さまのお猫さまなら大丈夫です。でも、今度からは先に言ってもらえるとありがたいですねぇ、今度があればですけど」

おかみさんがカラカラと笑う。ほ、本当にごめんなさい！

精霊のイフリートは、受肉したとはいえやっぱり普通の猫とは違うからお部屋を汚すことはないんだけど……。それでも、宿のルールを破っていたことには違いないから、しっかり謝る。

「きちんと掃除をして出ますから」

「いいですよぅ、そんなの。——それで、お猫さまは？」

「あ、部屋に……。さすがに、食堂に連れ込むのはどうかと……」

「お猫さまなら構いませんよ。お部屋のほうが落ち着いて食べられるなら、そちらに運びますが」

「ええと……」

イフリート自身は人が好きだ。ふれあうのも大好き。だから、食堂で私たちやみなさんと一緒にご飯が食べられるってなったら喜ぶだろうけど……迂闊《うかつ》な発言も多いからなぁ……。

私は少し考えて、「イフリート」と小さく呼んでみた。私の声はどこにいても届くらしいから。

「食堂で、一緒にご飯食べる？」

「食べる！」

間髪を容《い》れず元気なお返事とともに、ポンッとイフリートが現れる。

瞬間、食堂がどよめきに包まれた。

「赤いお猫さまだ！」

「あれがお猫さまか！」

「思ってたより大きいな⁉」

私はイフリートをキャッチしてしっかりと抱き締め、その耳もとで小さく囁《ささや》いた。

「精霊ってことは言わないでね？　お猫さまで通して」

「お、おう！　わかったぞ！」

「じゃあ、アレンさんの隣で待ってて」

しっかり釘《くぎ》を刺してからイフリートを床に下ろして、私はおかみさんとともに厨房へ向かった。

「卵はこちらに。野菜はトマトとオニオン、ポワロー、コールがございますよ。お言葉に甘えて宿泊代金につけさせていただいているので、余りものと言わずお好きに使ってください」

「ありがとうございます」

続いて、いくつかのチーズや全粒粉なども出してくれる。

私は部屋から持ってきたハムと調味料を台に置いて、袖《そで》をまくった。

「あ、聖女さま。ナゴン茶を飲んでみたいっておっしゃってましたよね？　作っておきましたよ。一緒にお出ししましょうか？」

「あ、お願いします。ただ、ええと……その聖女さまっていうの、やめてもらっていいですか？

私、聖女じゃないんで」

ちゃんとおじさんにも名乗ったはず。パン屋ですって。

「え？　でも……」

「いや、本当に聖女じゃないんで」

元・悪役令嬢で、パン屋（予定）なんで。

「はぁ……。聖女さま……いえ、お嬢さまがそうおっしゃるのであれば……わかりました……」

「トマトスープを聖騎士さまとお猫さまにお願いします。あ、お猫さまにもスプーンを出してくださって大丈夫です。使えるので」

握り持ちだけどね。

「へぇ、賢いんですねぇ。わかりました」

おかみさんがスープを持って、客席に戻ってゆく。

さて、パパッとやっちゃおう！

ボウルに全粒粉と塩と水を入れ、しっかり混ぜる。それをオリーブオイルを引いたフライパンに均一に広げて、弱火にかける。

ハムとトマトをカットし、チーズを削っている間に生地の表面が乾いてくるから、ハムを載せて、その周りを囲むようにチーズを載せて土手を作る。ハムの上に卵を割り入れ、四角くなるように生地の四方向を折りたたむ。

蓋《ふた》をして少し待って――卵が固まってきたら、塩コショウ。カットしたトマトを卵の周りに散らして、もう少し火を通す。

卵の黄身が半熟になったら、最後にオリーブオイルをサッとかけて、『全粒粉のガレット』のできあがり！

イフリートの分だけは卵を固めに作って、手で食べられるようにあらかじめカットしておく。さすがにナイフ・フォークは使えないからね。

三人分のガレットを持って客席に戻ると、アレンさんとイフリートはみなさんに囲まれていた。

「……おい、それはさすがに言葉が過ぎるんじゃないのか？」

「いや、だけどよぉ……」

なにやら深刻な話をしているのか、アレンさんもみなさんも表情が暗い。どうしたんだろう？

思わず首を傾げた瞬間、イフリートが私に気づいて、ぱぁっと顔を輝かせた。

「ティアの！　ティアのごはんっ！」

「お待たせ。全粒粉のガレットだよ」

お皿をテーブルに並べると、イフリートが歓声を上げ、みなさんが目を丸くする。

「なんだ？　見たことねぇ料理だな」

「おお……。聖女さまと聖騎士さまの食べるもんは、やっぱり違うな」

みなさん、興味津々といった様子だ。う、うーん……。おかみさんのお言葉に甘えて、お部屋で食べるべきだったかな？　めちゃくちゃ注目されてて、なんだか食べにくいんだけど……。

でも、今さら席を立つのも、感じ悪いよねぇ？

居心地の悪さを感じつつガレットをつついていると、三十歳ぐらいの男性が唐突に口を開いた。

「聖女さまは、王太子殿下についてどう思われます？」

「え……？」

王太子殿下？

どう思うかって……なんで？

どうして急にそんなことを訊《き》かれたのかわからずキョトンとしていると、私が王太子殿下の元・婚約者であることを知っているアレンさんが、「それは……」と少し迷惑そうに眉《まゆ》を寄せる。

しかし、男性はそれに気づかず、「いや、さっきも話してたんですけどね？」と言葉を続けた。

「王太子殿下は平民の女性に入れあげて、勝手な行動ばかり繰り返してらっしゃるらしいんですよ。最近はそれで陛下との折り合いが悪く、貴族たちからの評判も最悪だとか」

「え……？」

陛下との折り合いが、悪い？

「学生時代に知り合った女性らしいですよ。聖都にある離宮に囲ってるって話です」

「ああ、それで聖都に入り浸りだって聞いた。王都にはあまり帰ってないって」

「それ、さっきも聞いたけど本当なのか？　ご公務はどうしてるんだよ？」

「ほとんどしてないって話。というより、陛下が殿下を公務から遠ざけてるらしいぞ」

その言葉に、周りのみなさんがなんだか疑わしげに眉を寄せた。

「え？　それはさすがに嘘《うそ》だろ？」

「俺もそう思う。陛下や殿下の身辺のことが噂になるかよ」

「いや、それが本当らしいんだよ。ダミアンのヤツが仕事で王都に行ったとき、酒場で兵士たちが愚痴ってたのを聞いたらしい。王太子殿下の命令でその離宮の警備をしたんだけど、陛下はそれを仕事とはお認めにならず、王太子殿下の私用につきあい職務を疎《おろそ》かにしたとして処分を受けたって。一兵士が王太子の命令に逆らえるわけがないのに、あまりにも理不尽だー！　ってよ」

みなさんが目を丸くし、顔を見合わせる。

「そりゃ、陛下が正しいだろ。女を囲うのは私用以外のなにものでもねぇよなぁ？」

「兵士の気持ちもわからんではないけどなぁ。実際、王太子殿下に命令されたら断れねぇよな」

「だから、これは王太子殿下がなに考えてんだって話だろ。女を囲うのに王宮の兵士を使うなよ。せめて私兵を使えよ」

「…………」

――正論すぎて、ぐうの音も出ない。

「それで、兵士たちはそのあと、陛下が殿下にどれだけ失望してるかって話を延々してたらしい。継承権を取り上げてもおかしくないレベルだって」

その言葉に、食堂にいた全員が息を呑《の》む。

もちろん、私も。

先日、王太子殿下が焦っているのではないかという話は聞いた。

私との婚約破棄によって、アシェンフォード公爵家という強大な後ろ盾を失っただけではない。

精霊と心を通わせられるヒロインが聖女として覚醒《かくせい》すれば、神殿というアシェンフォード公爵家以上の後ろ盾を手に入れたうえでヒロインと一緒になって幸せになれるはずだったのに、いまだにその兆しが見えないから。

こんなはずじゃなかったって――。

でも、継承権を取り上げられるかもしれないレベルの話にまでなっているなんて、聞いてない。

そもそも、殿下がヒロインに入れあげているのを、陛下が不快に思ってらっしゃるっていうのも、初耳だ。

それが本当だとしたら――。

「っ……」

思わず膝《ひざ》の上で拳《こぶし》を握る。

現段階では、あくまで噂だ。誰かから聞いたってだけの話。真偽のほどは定かじゃない。

でも、真偽がどうあれ、こんな辺境の地にまでそんな噂が届いているというのは問題だ。

殿下に近しい貴族たちの間だけではなく、民にまでこんな話が広がっているなんて……。

それは、民が少なからず王太子殿下に不信感を持っている表れでもあるから。

「おい、まさか……」

「さすがにそれはねぇだろう」

「俺もそう思うけど、少なくともその兵士たちはそう感じてるみたいで、不興を買ってもいいから殿下とは距離を置いたほうがいいんじゃないかって話してたって……」

「王宮勤めの兵士がそこまで言うなら、実際に陛下が殿下を公務から遠ざけている状況もありえるのか？」

「とはいえ、王位継承者だぞ？　国のことをなにもしなくていいってわけにはいかないだろう？」

「ってことは、本当に継承権を剥奪《はくだつ》するつもりなのか？　だから、遠ざけてるってことか？」

「でも、じゃあほかに誰がいるんだよ？　王弟殿下か？」

「だけど、年齢は陛下の二つ下だぜ？　王位を継承するころには、王弟殿下も高齢でいらっしゃるはずだろ？」

「それはそうだけどよ、実際問題、女に夢中になって道理を見失ってる人間に国が治められるか？　できねぇだろうよ」

みなさんが、はぁーっとため息をつく。

「国を治めていくべき立場の人間が、責務を忘れて恋愛にかまけているなんてなぁ……」

「本当だよなぁ……」

食堂内の空気がどんよりしてゆく。

な、なんか……食事を楽しむって雰囲気じゃなくなっちゃったな……。

「……なにをやってるんだ。アイツは……」

フォークでガレットをつついていると、アレンさんが小さくため息をつく。

思わず目を丸くする。

なんか——なんだろう？　あまりにも呟《つぶや》きが自然だったような……？　まるで、普段から殿下を『アイツ』呼ばわりできる間柄かのような……。

いや、そんな……まさか、ね？

「殿下が一番悪いのは間違いねぇけど、その女も女で大概だと思わねぇか？」

「だよなぁ？　普通、国のトップに立つべき男が、自分のせいで道理から外れた行いをしてたら、気にするもんだよな？　なんとかしようと思うもんじゃねぇか？」

「愚痴ばかりお聞かせするんじゃないよ！　まったく！　消化に悪いだろ！」

そうだそうだと頷《うなず》き合うみなさんを、奥から出てきたおかみさんが叱《しか》り飛ばす。

「いや、そうは言っても不安になるじゃねぇか。だってこの村に魔獣が出たんだぞ？　こんなこと、いまだかつてなかったんだ。これからどうしようって思うじゃねぇか」

「そうだけど！　聖騎士さまや聖……お嬢さまには関係ない話だろ？」

おかみさんが私の前に木製のコップを置きながら肩をすくめる。

香ばしい香りが鼻をくすぐる。——あ！　これ、ナゴン茶ね？

「お二人の意見を聞かせてもらいたかったんだよ。不安でさ……」

「だよなぁ……。俺ぁ、森に入れなくなったら商売あがったりだしなぁ……」

「そんなの、俺もそうだよ……」

「ここらの人間はだいたいそうだろ……」

「それなのに、将来国を背負うべき御方《おかた》が、そんなんじゃあなぁ……」

みなさんが鬱々《うつうつ》とした表情で下を向く。

さらに空気が重たくなった——そのとき。

「ティア！　うみゃかった！」

イフリートが私を見上げてにぱーっと笑う。

「ふわふわのやもっちりのじゃなかったけど、これもうみゃい！」

「……！　イフリート……」

私はハッとして、イフリートを抱き締めた。

──そうだ。この子は将来、ヒロインと──そして王太子殿下とともにこの国を守るんだ。だったらこれ以上、ヒロインや王太子殿下へのヘイトは聞かせちゃいけないわ！

私は木のコップをひっつかむと、ぐいっとナゴン茶を飲み干した。

──うん、おいしい！　ふんわり馴染《なじ》み深い和の風味を感じる。これなら間違いなくイケる！

私は勢いよく立ち上がった。

「みなさん！　わたくしは──」

そう言って、胸もとから細い銀のチェーンに通した指輪を取り出した。

「アシェンフォード公爵家より遣わされた者です」

きっぱりと言って、指輪に刻まれた紋章をみなさんに見せる。

「ほ、本当だ！　アシェンフォード公爵家の紋章……！」

「聖女さまはアシェンフォード公爵家の縁《ゆかり》の御方だったのか！」

いや、そもそも聖女じゃないんですってば。

「アシェンフォード公爵家より依頼を受け、ナゴンの調査に参りました。こちらのナゴンはとても良いものです。アシェンフォード公爵家は、このナゴンを所望いたします」

私の言葉に、みなさんが戸惑った様子で顔を見合わせる。

「あんな……茶にするしかないマズい豆が……？」

「煮ても焼いても食えねぇ豆なのに……どうして……」

「実は、このナゴンにはとってもおいしい食べ方があるんです。調理にかなり時間がかかるので、今すぐみなさんに証拠をお見せすることができないのは心苦しいのですが――」

本当は、今すぐ餡子《あんこ》を食べさせてあげたいんだけど、この世界には圧力鍋《あつりょくなべ》も炊飯器もないから、渋切りというアク抜きをしてから鍋《なべ》で煮るとなると、ゆうに三時間はかかっちゃう。量が多ければ、さらにかかる。今ここで、そんなことできないもんね。

「わたくしが報告を上げたらすぐに、アシェンフォード公爵家は動くでしょう。デミトナ辺境伯に話を通して、ナゴンを大量に採取しにこちらの村にやってくるはずです。そのときには、ナゴンがとてもおいしいものである証拠もお見せできると思います」

「あのアシェンフォード公爵家が……ナゴンを……。いまいち信じられねぇが……」

「いや、でも、実際にこうして聖騎士さま同伴で調査にいらしてるわけだしな……」

「ああ、そうだ。お猫さまも一緒にな」

「お猫さまも」

――お猫さまが定着してしまいそうで怖い。

「まぁ、そうか……。じゃあ、やっぱりナゴンには俺らにはわからん価値があるってことか」

一人の男性が顎髭《あごひげ》を撫《な》でながら納得した様子で頷く。――そう！　そうです！　このナゴンは、本当にすごいものなんですよ！

「森の中に入るときにはアシェンフォード公爵家の騎士団が同行しますし、そのときに採取できた量によっては栽培も視野に入ってきます。それがどういうことかわかりますか？」

私は人差しと親指で丸を作って、ニヤリと笑った。

「アシェンフォード公爵家が動くということは当然、それだけお金が動くということでもあります。かなりの臨時収入が見込めると思いますよ。そして、それだけじゃありません。森に入る際には、徹底的に調査を行います。今回の魔獣の出現が突発的なものなのか、棲《す》み処《か》が移動してきたのか、ほかにも魔獣や魔物が存在しているのか——など。退治して終わるのならすぐに退治して、安全に採取ができるようにします」

その言葉に、みなさんがハッとした様子で顔を見合わせる。

「そのうえでナゴンがどれだけあるか調査し、採取。結果によっては栽培に着手するかもしれないってことは……」

「森だけじゃねぇ。このあたり一帯の調査をしてもらえるってことだよな？」

「じゃ、じゃあ……！」

「そうです！　大きなお金が動くうえ、安全も手に入れられる！」

瞬間、みなさんが顔を輝かせて歓声を上げた。

「すげぇ！」

「なんてこった！」

「やっぱり、俺たちにとっちゃ聖女さまだった！」

「間違いねぇ！」

わぁっと沸き立つみなさんに——一気に明るく和やかになった空気に、ホッとする。

どの世界でも、いつの時代でも、国がなにもしてくれないって嘆く人はいる。そりゃ、そうよ。どの世界でも、いつの時代でも、民が百パーセント満足する政治なんて存在しないもの。

でも、やっぱり嘆くだけじゃダメ。それじゃ、なにも変わらない。ううん、変わらないだけじゃ済まないわ。毎日愚痴を溢《こぼ》しながら鬱々と過ごす——それが長く続くのは、停滞よりもっと悪い。あきらかにマイナスよ。

国が変わるのを待っていたってダメ。現状を変えたいなら、自分が動かなきゃ！

それも——やっぱりどの世界でも、いつの時代でも同じよ！

だから、私は私のために——私の幸せのために動く！

まずは、一番手が届きやすい幸せ——『毎日、おいしいパンが食べられる』を手に入れるわ！

私は、明るい表情を取り戻したみなさんをぐるりと見回して、にっこりと笑った。

「アシェンフォード公爵家がここにやってくるまで少し間がありますが、できるだけ急ぎますので、それまではあまり森の奥には入らないようにお願いします！」

◇＊◇

「これが……『餡《あん》』……ですか？」

イフリートとアレンさんが、ホーローの容器に入った餡子を珍しそうにまじまじと見つめた。

「これがー？　うみゃそうに見えねーぞ？」

「なんて言うか……見た目は……控えめに言っても泥ですね」

「そうですね。控えめに言って、見た目は泥です」

でも、これがおいしいんです！

デミトナ辺境伯領から帰って、二日。今日は私の住む家の近くの町に来ている。手伝いをする神殿があったり、パンを配っていたりするところよ。

町の中心の広場近くの小さな店舗物件。実は、ここにパン屋をオープンする予定なの。

物件自体は一年前に購入していて、厨房《ちゆうぼう》にかんしては工事も終わっている。家にあるものよりも大きな石窯《いしがま》オーブンや、そのほか――開発したパン焼き用の魔道具や道具がズラリと揃《そろ》っている。

販売スペースはほぼ手作り。一年かけて少しずつ手を入れてきた。

清潔感は大事だけど、無機質にしたくない。スタイリッシュでモダンな雰囲気も悪くないけれど、この町には合わない。木や漆喰《しつくい》を使った温かみがあって親しみやすいナチュラルテイストなお店。

最近、ようやく満足いく形になったところだ。

今は、家で試作を繰り返してレシピを作り上げて、お店の石窯オーブンや器具を使ってパン焼きトレーニングをしているところ。石窯オーブンなんかは窯のクセってものがあるからね。家でも、店でも、変わらない味を作れるようにしているところ。

同時に、レシピが確定したメニューから、孤児院の子供たちや町の人たちに試食をしてもらって、その反応を見て必要ならレシピの改良をしている。この前やっていたのはコレね。

そのレシピがようやく固まってきたから、そろそろお店のオープンも視野に入ってきたって感じ。

あ！　そういえば、デミトナ辺境伯領に行く前に、急ぎアシェンフォード公爵家にトースターの開発について手紙を送ったんだけど――さすがね。帰ってきたときにはすでに返事が届いていたわ。

ちなみに送りつけた手紙は、『アシェンフォード家の財力やコネをフルに使ってなにがなんでもトースターを開発・商品化してくれなきゃ、あと十年は家に帰ってあげないから！』というもの。

もちろん、トースターがどんなものかという詳細説明もしっかりと書いておいた。

そして、お兄さまから届いた返事は、『つまり、パンやチーズの表面を熱で炙《あぶ》って香ばしく焼く魔道具だね？　それならなんとかなると思うよ。石窯オーブンより、基本構造は単純だろうしね。一週間程度で試作品を作り上げてみせるから、一ヵ月以内に僕とお茶する時間を作ってほしいな。ティアが足りなくて死にそうなんだよ……』とのこと。――え？　この前会ったばかりじゃない。もう妹成分足りなくなったの？　シスコンってたいへんね。

っていうか、一週間？　どんな無茶をするつもりなんだろう……。

本当に一週間で試作品を完成させてくれるなら、それはご褒美をあげないわけにはいかないし、お茶するぐらいはしてあげよう。

そして、昨日は朝からナゴンで餡子づくり。

まずはナゴンを優しく洗って、たっぷりのお水で加熱。十分ほど煮たら、火を止めて三十分ほど蒸らす。そうしたら一旦《いったん》ザルにあけて、お水でサッと洗う。これが渋切りというアク抜き作業。

それが終わったら、再び鍋にナゴンとお水を入れて一時間ほど煮る。噴きこぼれたりしないよう、ときどき差し水をするのを忘れずに。

ナゴンが指で簡単に潰《つぶ》せる柔らかさになったら、火を止めて四十分ほど蒸らす。

その後、再び中火で加熱開始。ここで砂糖を数回に分けて入れるの。

ふつふつと煮立ってきたら弱火にし、焦げないように細心の注意を払いながらゆっくり混ぜる。

最後に少し塩を加えて味を引き締めたらできあがり。

粗熱を取ったあと、しっかりと冷ましたものがこちらの餡子です！

「豆を甘く煮た……見た目泥……」

よほど抵抗があるのか、アレンさんの眉間《みけん》のしわは深い。

いや、アレンさんだけじゃない。おそらく最初はみんなこんな反応だと思う。

「さて、いい感じに冷めたかな～」

ベーカリーラックのパンを確認する。中心に小さなつぶつぶ――ケシの実が載ったつやつやした丸いパンたち。うーん！　おいしそうっ！

「うん、いい感じ！」

じゃあ、あとは！

私は同じくベーカリーラックに並ぶ、今朝焼いたばかりの食パンとプチバゲットを手に取った。

まずはプチバゲット。こちらには切り込みを入れて、たっぷりの餡子とカットしたバターをはさむ。そして食パンはぶ厚めにカットして、フライパンでバターをしっかりと染み込ませたトーストに。最後にこちらにも餡子をたっぷりと載せる。

「さぁ！　できましたよ！　あんぱんに、あんバターサンドに、あんバタートーストです！」

それらをアレンさんとイフリートの前に並べる。もちろん私の分も作ったよ。食べたいもん！

「これ……本当にうみゃいのか……？」

「……あんぱんは中身が見えませんが……あとは完全にパンに泥がついてるように見えます……。

それに、はさんであるバターの量……。完全に生のバターをかじる感じなんですが……」

イフリートとアレンさんは若干引き気味。

でも私は二人が口をつけるのを待ってられなくて、さっそくあんバタートーストにかぶりついた。

「っ……！」

じゅわっと口の中に広がるバターのコク、そして塩味。それに負けない餡子の風味と強い甘み。

そして、その二つをしっかりと受け止め、まとめ上げる香ばしい小麦の風味と優しい甘み。

「ん〜〜〜っ！　これこれっ！　これが食べたかったのっ！」

お、おいしい〜！

いや、本当に上出来も上出来！　いまだかつて餡子をこんなにおいしく炊けたことあったっけ？

ナゴンの質の良さがダイレクトに出てる！　さすが最高級小豆——大納言さまっ！

「………」

アレンさんとイフリートが顔を見合わせる。

そして二人は——一人と一匹はあんバタートーストを手に取ると、おそるおそる口に運んだ。

「——ッ！」

「な、なんだ!?　コレ、うみゃいぞ！」

二人が目を丸くする。

「コレ、コレ、アマジョッパイだ！」

「そう！」

これが私的、キング・オブ・甘じょっぱい！

「ナゴンの甘さは……なんでしょう？　上品なのにしっかりと強くて、バターのコクにも塩味にもパンの風味にも負けてない！　これが餡！　こんな甘みは、ほかに存在しません！」

アレンさんも興奮気味に私を見る。

「おいしいです！　本当においしい！」

アレンさんもイフリートも、あんバタートーストをペロリとたいらげてしまって、あんバターサンドに手を伸ばす。

「あんバターサンドのほうもうみゃい！　こっちはバターが濃いぞ！」

うみゃぁあぁあっと歓声を上げるイフリートの横で、アレンさんもさらに目を丸くする。

「な、なんですか？　これ。板状にカットされたバターですよ？　バターを直接かじっているのにその塩味とコクに負けない甘さと風味って……すごい！」

そちらも瞬く間に完食。おお！　本当に気に入ってくれたみたい！

「見た目は泥ですが、これは売れます……！　売れないわけがない！」

アレンさんはそう言って、ホーローの容器に入った餡子《あんこ》を見つめた。

「この見た目も、おいしさを知ってしまえば、あまり問題にはならないと思います」

「食べてもらえさえすれば……ってことですね」

「ええ。おそらく、その『一度食べてもらう』のが一番難しいんじゃないでしょうか。どうしても、最初は見た目で忌避してしまうと思うので」

アレンさんが私に視線を戻して、にっこり笑う。

「でも、その一度目を突破すれば、絶対にファンがつく味だと思います」

「よかった！　そう言っていただけると、自信になります」

イフリートがあんぱんを一口食べて、ぶんぶんと尻尾《しっぽ》を振る。

「あんぱんもうみゃぃな！　でも、オレさまはバターがあるほうが好きだな！　アンコだけだと、ちょっとさみしい！」

「そっか。あ！　餡子にクリームを合わせる食べ方もあるんだけど、試してみる？」

「クリーム？　クリームパンのクリームか？」

「それとは別だけど、同じく甘ぁいクリームだよ。つけてみる？」

もちろん、生クリームも用意してありますとも！　餡子×生クリームもおいしいよねっ！

イフリートの食べかけのあんぱんの中に、生クリームをたっぷり注入してあげる。

イフリートはそれにかぶりついて――ボフッと尻尾を膨らませた。

「うみゃぁあぁあっ！　コレ、好きだ！　一番好きっ！」

「そうだよね。イフリート、甘いもの大好きだもんね」

「うん！　好きだぞ！　ティア、もっとくれ！」

「あの、僕にもください」

「ええ、もちろん」

アレンさんの割ったあんぱんにもクリームをたっぷりとのせてあげる。ついでに自分のにも。

ああ！　幸せ！　餡子万歳！　ナゴン万歳！　あんぱん・あんバター・あんクリーム万歳！

久々の餡子を堪能し尽くしていた――そのときだった。

『い、いいなぁ～……ボクもほしい……』

『ねぇ、それ、アタシにもくれない？』

どこからともなく声がする。私はキョロキョロとあたりを見回した。

「どうしました？」

「え？　あの……声が……」

「声？」

「――やっと来たのかよ、お前ら」

あんぱんをもぐもぐしながら、イフリートが宙を見つめる。――えっ⁉　も、もしかして⁉

慌ててイフリートの視線を追うと、ポンポンポンと三匹の猫が現れた。

「ええっ⁉」

一匹目は、マンチカンとスコティッシュフォールドを足して二で割ったような――手足が短くて、まんまる顔で、ふにゃっと折れた耳をしたもちもち体形の子。柄としてはハチワレさんなんだけど、毛並みの色はなんと茶色と緑――チョコミントカラー！　瞳《ひとみ》は綺麗《きれい》な琥珀色《こはくいろ》。

二匹目は、ロシアンブルーのような気品ある短毛種の子。毛並みの色は神秘的な青で、瞳も夏の空のような爽《さわ》やかな空色。

三匹目は、見た目と柄はシャムネコそのもの！　だけどやっぱり毛並みの色合いが変わっていて、白地に尻尾と手足の先と顔、耳が淡い翡翠《ひすい》色で、瞳も翡翠。

三匹とも、大きさは三キロから四キロってところだと思う。一般的な成猫の大きさ。

床にふわりと降り立って、じっと私を見つめる。

「っ……！」

かっ……可愛《かわい》いっ！　これぞにゃんこっ！

いや、イフリートも可愛いのよ？　ちょっと私のイメージしている猫のサイズではないだけで。

一応、家猫の最大値ぐらいの大きさではあるから、非常識な大きさってわけではないんだけどね。

もしかして、お願いすれば小さくなってくれるのかもしれないけれど、イフリートの感覚だと、『大きさ』や『強さ』が『かっこよさ』に繋《つな》がってる気がするから、言えないでいる。

『オレさまが考える理想のにゃんこ』って――今の姿を取ってくれたんだと思うから、それを私の好みだけで変えるのも違う気がするし。

そんなことを思いながら隣を見ると、イフリートが「なんだ？」と小首を傾げる。

「なんでもないよ。ただ、イフリートだなぁって」

うん。やっぱりこのサイズがイフリートだ。

「大好き！」

ぎゅ～っと抱き締めると、イフリートが「オレさまも好きだぞー！」と尻尾をフリフリする。

「ず、ずるいわ！　アタシだって……！」

それを見た青い子が、ひどく悔しそうに尻尾で地面を叩《たた》いた。

「ア、アタシもあなたに声をかけるつもりだったのよ？　でも、イフリートが先に出てっちゃって、それで……」

「それでスネて、今まで出てこなかったんだよな？　小せぇの！」

「だ、だってぇ！　アタシが一番がよかったの！　それなのにイフリートが！」

「そんなの、オレさまが知るかよ」

涙目で地団太を踏む青い子に、イフリートが面倒臭そうにため息をつく。

こ、これってもしかして……いや、もしかしなくてもそういうことよね⁉

「あの……あなた、は……」

おずおずと問いかけると、青い子がツンと顔を上げる。

「アタシは水の精霊――オンディーヌよ」

きゃあああ！　やっぱり！

続いて、チョコミントカラーの子と、白と翡翠のシャムネコ風の子も自己紹介してくれる。

「ぼ、ボクが、大地の精霊――グノームです……」

「そして俺が、風の精霊――シルフィード。よろしくね、聖女」

「ッ……！」

ドッと冷汗が噴き出す。

や、やらかしたぁぁっ！　ど、どうしよう……！　オンディーヌにグノーム、シルフィードまで出てきちゃったんだけど……！

「これは……」

アレンさんも愕然《がくぜん》とした様子で言葉を失う。

イフリートだけがのんびりとした様子で、新たに現れた精霊たちを見つめて小首を傾げた。

「なんだよ、お前ら。ずいぶん小さいな？」

「馬鹿ね、アタシたちが小さいんじゃないわ。イフリートが大きいのよ」

「そうだよ。普通の猫の大きさはこれぐらいだよ。まさか、知らないの？」

シルフィードの言葉に、イフリートがうっと言葉を詰まらせる。

「し、知ってるぞ！　でも、大きいほうがかっこいいだろ？」

「はぁ？　かっこよくてどうするのよ」

「猫って、かっこいいものじゃないと思うんだけど……」

「聖女は可愛いものが好きだから、猫の姿を望んだんじゃないの？」

オンディーヌ、グノーム、シルフィードの言葉に、イフリートがふにゃっと顔を歪《ゆが》める。

「ティ……ティア……。そうなのか……？」

え？　いや、そもそも受肉する姿を選ばせてもらった記憶なんてないけど？　なんの説明もなく、ただ好きな動物を訊《き》かれただけで。

「さっきも言ったでしょ？　私はイフリートが大好きよ」

耳をぺたんと寝かせてしゅんとしてしまったイフリートをぎゅうっと抱き締める。

「この大きさでこそイフリートって感じがするから、いいのよ。このままで」

「ほ、ホントか？」

「ホントよ。何度でも言うわ。イフリート大好き！」

「ティア〜！」

イフリートがご機嫌で尻尾を振る。

「ず、ずるい！　ずるいわっ！　イフリートばっかり！　アタシも抱っこ！」

そんな私たちに、オンディーヌが抗議の声を上げる。

「パンも食べたいわっ！　あんバタートーストも！　あんバターサンドも！　あんぱんもよ！　この前のクリームパンも！　ハニーバタートーストもよっ！」

「出て来て早々、うるせぇなぁ〜」

「なによ！　イフリート！　アンタだけいい思いするなんて許さないんだからっ！」

ああ、喧嘩《けんか》しないで喧嘩しないで。わかったから。

慌てて、オンディーヌを抱っこしてあげる。わ！　やっぱり比べるとちっちゃい！　軽いっ！

「綺麗な毛並み……。吸い込まれそうな青ね」

「ふふっ。そうでしょう？　もっと撫《な》でていいのよ」

オンディーヌがふふんと誇らしげに笑う。この子、おしゃまな女の子って感じで可愛いな。

「あの、ぼ、ボクも……」

グノームが私の足をちょいちょいとつつく。

「やぁよ！　まだアタシ！」

「え？　で、でも、ボクだって抱っこしてもらいたい……。せ、せっかく受肉したし……」

あ、そうだよね。今まで肉体がなかったから、こういうふれあいってしたことないんだったよね。

「もうちょっと待ってなさいよ」

「オ、オンディーヌもイフリートにずるいって言ってたじゃない……」

「そ、そうだけど……」

「まずは順番にしよ。またいつでも抱っこしてあげるから。ね？」

そう言って優しく頭を撫でると、オンディーヌがむすっとして「しょうがないわね」と言う。

私は「おりこうさん」とさらに撫でてからオンディーヌを床に下ろして、グノームを抱き上げた。

この子もすっぽりと腕の中に収まるサイズ。

イフリートはあの大きさでいいけど、やっぱり普通の大きさのにゃんこもいい！　可愛いっ！

「君は不思議な色合いだね」

「だ、大地と、草花の色なの……。へ、変？」

「あ、そっか！　そうだよね。変じゃないよ。すごく素敵！」

「あ、ありがと……」

グノームが恥ずかしそうに下を向く。この子はかなり大人しい性格みたい。

「ふふっ。ふわふわもちもち……」

短い手足もめちゃくちゃ可愛い。

しっかり堪能して――最後はシルフィードだね。

抱っこするために手を伸ばすと、シルフィードはビックリした様子で首を横に振った。

「え？　俺はいいよ。イフリートたちほど子供じゃないから」

お？　ちょっと周りの目を意識し出した小学生の男の子みたいなこと言ってる。

「まぁまぁ、そう言わずに」

「え？　えっ？　い、いいってば！」

「私が抱っこしたいんだよ。にゃんこ大好きだから」

有無を言わせず抱っこして、すりすりする。

「～～～っ！」

暴れたりはしないけど、恥ずかしいのかものすごく嫌がってる感じが――あ、なんか興奮する。

思う存分抱っこしてスリスリして、もふもふ撫で回して――ふぅ、満足！

ああ、やっぱりもふもふ最高っ！

そして、可愛いは正義っ！

「えーっと、じゃあ……」

ご所望のパンを用意しようと視線を巡らせて――アレンさんがじっと私を見つめていることに気づく。

あ……あー……。

「こ、この子たちにパンを用意したら……ええと……話し合いましょうか……」

さすがにもう『神殿に報告しないでくれ』はダメ――ですよね？

おずおずと言うと、アレンさんははぁ～っと深いため息をついた。

「――そうですね」

◇＊◇

「お、おいしい！　アタシ、これ大好きっ！」

オンディーヌがハニーバタートーストを食べながら、尻尾《しっぽ》をぶんぶん振る。

にゃんこたちが椅子にちょこんと座ってパンをもぐもぐしている姿はもう可愛いしかないっ！

最の高っ！　最高オブ最高っ！

「クリームパンがすぐに食べられないのは残念だったけど……でも大満足よ！」

「よかった。クリームパンも数日中には……あ……」

焼いてあげるねと言おうとして――私はハッとしてアレンさんを見た。

「それはちょっと……無理……ですかね……？」

「えっ……？　ど、どうして……？」

「どういうこと？　なんでアタシたちは食べられないの!?」

オンディーヌとグノームが目を丸くして身を乗り出す。

さすがに、これ以上黙っててもらうのは無しだろう。下手すれば、聖女の誕生を知っていながら神殿への報告を怠ったとして、アレンさんの立場が悪くなってしまう。

「えっと……」

私としても、この世界のことを思うなら、これ以上目を背けているわけにはいかない。

苦しんでいる人たちを差し置いて、この世界の異常を見て見ぬふりして、聖女の責務を放棄して自分のやりたいことだけを――パンを焼くことだけに専念していたら、それはただの我儘《わがまま》になってしまう。

それはわかってるの。でも、この世界のことを思えば――人々のことを思えばこそ、悪役令嬢が聖女になってしまうのはマズいんじゃないかって思うの。

だってそうでしょ？　私は悪役令嬢なのよ？　シナリオどおりしっかり断罪もされてるの。

それなのに、今さらヒロインの設定を奪うかたちで聖女になるなんて――やっていいことなの？　許されるの？　それって、バグをバグだと認識したうえでそれを享受しちゃうってことでしょ？　言うなれば、「女優の○○さんですよね？」って言われて、違うのに「そうです！」って言って、ホテルや飲食店で女優の○○さんとしてのサービスを受けるのと同じことなんじゃない？　私はそういうことしたくない。

私は悪役令嬢なんだもの。バグを利用して聖女を名乗って、本来ヒロインが受けるはずの恩恵を受け取ってしまうなんて――やっぱり許されることじゃないって思う。

それは、アレンさんたちを騙《だま》すことにもなるもの。

でもだからといって、バグがいつ修正されるかわからない今、聖女としての務めが果たせるのは私だけなのに、人々の悩みや苦しみ、この世界の異常から目を背けたままでいるなんて――それもどうかと思うの。

だって、私は『エリュシオン・アリス』の世界が大好きなんだもの！

この世界がおかしくなっているのを、人々が苦しんでいるのを見て見ぬふりなんてできない！

でも、でも、私は悪役令嬢で――！

私は唇を噛《か》み締《し》めて、下を向いた。

堂々巡りだ。

「その……パン屋は諦《あきら》めなくちゃいけないんじゃないかなー……って……」

それでもとりあえず一度神殿には行くべきだと思う。これ以上、アレンさんに神殿への不義理をさせるわけにはいかないもの。

どうしたらいいかわかってないけれど、もしかしたら神官長さまには相談できるかもしれないし、神殿に行ってから今後の方針を固めるのもいいかもしれない。

「パンを焼くのも……しばらくは……」

「えっ？」

「なんでよ⁉」

「ご、ごめんね？　すぐにでも焼いてあげたいんだけど、でも……」

現時点では、約束してあげられない。

だって、今後どうするべきなのか、私自身わかってないんだもの。

「――ティア」

イフリートが椅子から降りて、トコトコと私の前にやってくる。

「ティア、オレさまを見ろ」

そう言って後ろ足で立ち上がって、前足で私のお腹《なか》あたりをトンと押す。

「イフリート……」

「なぁ、ティア。なんでそんな不安そうな顔をしてるんだ？」

「え……？　そ、それは……」

「なんでパン屋を諦めなくちゃいけないんだ？　それはティアが一番やりたいことだろ？」

「あ……決定じゃないの。そうなるんじゃないかなって……」

「なんでだ？」

イフリートが重ねて訊く。私は思わず視線を泳がせた。

「さすがに四精霊の受肉に成功して……それを神殿に隠しておくのはどうかと思うの」

「神殿に報告したからって、なんでパン屋を諦めなくちゃいけないんだ？」

「それは……神殿としても聖女を遊ばせておくわけにはいかないでしょ？　今、各地でさまざまな異常が起こってるわけだから。デミトナ辺境伯領の村でも、魔獣が現れたりしてたし……」

聖女なら、国のために、人のために働かないと。

「なんでだ？　わからないぞ。聖女は好きなことやっちゃダメなのか？」

私の言葉に、イフリートが意味がわからないとばかりに首を傾げる。

「オレさまたちを受肉させる能力を持ってるからって、ギセイになることなんてないんだぞ」

「ぎ、犠牲だなんて……」

そんなふうに思ってはいないよ。ただ――。

「だって、聖女なら、国のために、人々のために尽くすのは当然じゃない……？」

あ、れ……？

私は目を見開いた。

本当に――？

「…………」

『エリュシオン・アリス』のヒロインに――アリス・ルミエスが聖女として国を救ったのは、別に強要されての話じゃないよね？　聖女として、愛する人とともに、愛する国を救いたい――それがアリス・ルミエスの望みだったに過ぎない。

たとえばアリス・ルミエスがスイーツ店の店主になることを望んで、作中でそれを叶《かな》えたら――私はそのエンディングに憤りを感じたかな？　聖女なのになんでスイーツ店なんかやってんの？　務めを果たしなさいよ。国を救いなさいよってなったかな？

そりゃ、彼女が国の異常や人々の苦悩を完全に無視してたら、そう思ったかもしれないけれど、それでも絶対に国や人々のために好きなものを捨てろ、犠牲になれなんて思わない。

聖女の能力を持ってたって関係ない。

ヒロインはヒロインの幸せをつかんでいいはずで――……。

「ティアが一番いたい場所で、ティアが一番やりたいことをやるべきだぞ！」

イフリートがまっすぐ私を見つめたまま、きっぱりと言う。

「……！　イフリート……」

「オレさまは、ティアから好きなことを奪うために声をかけたんじゃないぞ！」

私はハッとして、慌てて首を横に振った。

「そ、そんなふうに思わないで！　イフリートたちのせいじゃないよ！」

「でも、オレさまたちを受肉させたから神殿に行かなきゃいけないいんだろ？」

「そ、それは……」

でも、そんなふうに思ってほしくないよ！

イフリートたちは、ただ肉体を持ってみたいって望んだだけだもの！

「神殿に行ったら、本当にパン屋は諦めなくちゃならないのか？」

イフリートがアレンさんを見る。

その視線に、それまで黙って私たちを見守っていたアレンさんは少し申し訳なさそうにしながら首を縦に振った。

「そうですね……。その可能性は高いと思います……。聖女は聖都の大神殿でお守りする存在です。自由に出歩くこともなかなかできなくなるかと……」

「えっ⁉」

精霊たちが目を見開く。

「そんな！」

「自由がなくなっちゃうの⁉」

「でもそれは、聖女が尊き存在だからです。だからこそ、我々は最大限お守りするのです」

「その理屈はわからないでもないけど、それはダメだ」

シルフィードがムッとした様子で顔をしかめる。

「それって本当に守っているの？　閉じ込めて、都合よく利用しているんじゃなくて？」

「いえ！　そんなことは決して！」

アレンさんがとんでもないとばかりに首を横に振る。

「誓って、聖女を悪《あ》しきモノからお守りするためです。聖女を害するモノは、魔物や魔獣だけではありませんから」

そう言って、アレンさんが胸に手を当てる。

「悲しいことですが、我々人間の中にも、聖女を害そうとする者――または利用しようとする者は大勢います。我々はすべてのものから聖女を守らねばなりません」

「なるほど？」

「そして大神殿でお暮らしいただくことは、聖女の神性を保つ意味でも必要とされています」

「神性を保つ？」

「はい、我ら聖騎士や神官は常に己を律し、不浄を避け、清らかであることを心掛け、そのうえで厳しい修行を重ねてはじめて神聖力を扱えるようになります。ですが、聖女は違います」

神聖力は、本来なら人間には扱えない――それどころか、知覚することすらできない、神さまや精霊たちの領域の力だ。

だからそれを揮《ふる》うには、しっかりと知識を入れたうえで厳しい修行に耐え抜かなくてはならない。それだけじゃなくて、常に己を律し、不浄を避け、身も心も清らかであることが求められる。

心に邪《よこしま》なモノが宿るだけで、神聖力を扱えなくなってしまうって聞いたことがあるわ。

だからこそ、神官さまも聖騎士さまも、神官であるということが、聖騎士であるということが、心身ともに清く正しく強い――信頼に値する方である証明なんだって。

対して聖女は、彼らがそれだけ努力に努力を重ねることでようやく扱えるようになる神聖力を、精霊と心を通わせるという方法で自在に操れるようになる。

つまり、日常生活における様々な制約・節制も厳しい修行もすることなく、神官や聖騎士以上の力を手にするのよ。

「いわば、精霊と心通わせることができただけの、普通の女の子なんです。いえ、もしかしたら、普通ではないのかもしれません。精霊は自然そのもの。その精霊に慕われるということは、聖女はこの世界そのものに愛されるも同然です。普通の女の子よりも無垢《むく》で、純真で、清らかで心優しい女の子かもしれません。その女の子に、ある日突然、世界が傅《かしず》くのです」

ある日突然、自身が世界の中心となる――。

「魔物や魔獣、悪意や野心を持つ人間だけじゃありません。己の中にある傲《おご》り、慢心、欲望、野心、そういったものすべてが聖女の清らかな心を穢《けが》す敵です。我々は、聖女の御身だけではなく御心《みこころ》もお守りするのです。聖女が傲り高ぶることがないよう、欲望のままに振る舞うことがないよう、邪な野心を抱くことがないように――」

「なんでだ？」

イフリートが理解できないとばかりに顔をしかめる。

「え……？　なぜ、とは……？」

「なんで傲り高ぶっちゃいけないんだ？　欲望のままに振る舞っちゃいけないんだ？　邪な野心を抱いちゃいけないんだ？」

「え……？　ですからそれは……精霊たちの加護を失ってしまう可能性が……」

意外な反応だったのか、戸惑うアレンさんにイフリートが視線を鋭くする。

「まぁ、そうだな。心の汚いヤツと友達なんてやってられないぞ！」

「そうでしょう？　ですから――」

「でも、聖女がオレさまたちに嫌われたからって、そんなことお前たちには関係ないはずだろ？　違うか？」

「……！　それは……」

「聖女が精霊に嫌われて困るのは、お前たちが聖女を利用してるからだろ？」

イフリートがドンと床を踏み鳴らし、鋭い牙《きば》を剥《む》き出して叫ぶ。

「ずっと聖女の力を使いたいから、聖女が精霊に嫌われたら困る。そうだろ？　お守りするのは、聖女のためなんかじゃない！　自分たちのためだ！」

「いえ、それは……」

アレンさんはぐっと言葉を詰まらせると、俯《うつむ》いた。

『聖女を悪しきモノからお守りするため』というのも、決して嘘じゃないと思う。

精霊と心を通わせた瞬間、自分を取り巻く世界が変わってしまうんだもの。心によくない感情を宿してしまう危険性は十二分にある。

イフリートの言うとおり、聖女が神性を失ってしまうことが、国や神殿にとって都合が悪いのはたしかだろう。

でも、絶対にそれだけじゃない。

心を律する術《すべ》を知らず、よろしくない感情に翻弄《ほんろう》されて己を見失い、愚かな振る舞いをする――過ちを犯してしまう。それを防ぐことは、間違いなく聖女のためでもあると思う。

「ティアを利用するのは絶対に許さないぞ！　ティアをサクシュするつもりなら、オレさまたちはこの国を守ってなんかやらないぞ！」

「イフリート……！」

私は思わず床に膝《ひざ》をつき、イフリートの首に抱き着いた。

「ありがとう。イフリート……！」

真紅のふわふわの毛並みに顔を埋《うず》めて、頬ずりをする。

「でも、お願い。アレンさんを責めないで。イフリートの言うことが正しいように、アレンさんが言うことも間違ってないの。私が悪い考えに影響されて、悪いことをしようとしたら、イフリートだって止めるでしょ？」

「もちろんだぞ！」

「アレンさんも、イフリートと同じく聖女を守りたいって思ってるだけなの。それにね？　聖女を神殿でお守りするっていうのは、アレンさん個人がどうこうできる話じゃないの。そういう決まりなのよ」

私がそう言うと、イフリートがぶぅっと頬を膨らませる。

「人間が勝手に作った決まりなんて知らないぞ！」

「イフリート……」

「オレさまたちはティアが気に入った。だから声をかけた。ティアにたまたま聖女の力があって、オレさまたちは受肉することができた。それだけの話だ。いいか？　もう一回言うぞ。オレさまはティアに聖女の力があるから声をかけたんじゃない！　オレさまたちはティアが好きなんだ！」

力強い言葉に、胸が熱くなる。

「イフリート……！」

「そうよ！　好きじゃなかったら、声なんてかけないわ！　好きだから、一緒にいたいからよ！　そうじゃなかったら、そんなことしないわ！」

「ぼ、ボクたちのせいで、ティアが嫌な思いをするのはダメだよ……」

オンディーヌもグノームも、熱心に言う。

それが嬉《うれ》しくて――なんだか目頭が潤んでしまう。

「みんな……」

悪役令嬢は嫌われてなんぼ。むしろ、嫌われることこそが存在意義みたいなものだ。それでこそ、ヒロインは輝く。そして、攻略対象から――プレイヤーからも愛されるのだ。

だから、家族以外からこんなにもはっきりとまっすぐに『好きだ！』って言ってもらえるなんて思わなかった。

どうしよう。嬉しい――！

悪役令嬢に転生したことを嘆いたことはない。

でも、やっぱり『悪役令嬢だから』と、愛されることは諦《あきら》めていたところがあったと思う。

そういえば、家族以外に我儘《わがまま》を言ったことってあったっけ？

それどころか、強く自己主張をしたことってあったっけ？

「っ……」

私――アレンさんに、神殿には行きたくないって、ちゃんと言ったっけ？

ここでパンを焼いていたいですって、パン屋をやりたいですって言ったっけ？

イフリートを受肉したときは、『神殿には黙っていてください』ってお願いしたけれど、それは悪役令嬢の私がヒロインの立場を奪ってしまわないためというのが強かった。

オンディーヌたちの受肉後、自分の意見を一言でも口にしたっけ？

こうすべきだ、ああすべきだ。こうするのが正しい。ああするのが決まり――そんなことばかり考えていた気がする。

精霊に受肉させたなら聖都に行くべきだ。神殿で暮らすべきだ。国と世界のために尽くすべきだ。だから、パン屋は諦めるべきだ。パンが焼けなくなっても仕方がない。

それが正しいことなんだからって……。

「――ねぇ」

なにやら考えていたシルフィードがトンと軽やかにテーブルの上に乗り、アレンさんの前に行く。

「ねぇ、君は――いや、神殿は、かな？　それとも国がかな？　どうでもいいけど、聖女が精霊に嫌われる心配はしてるみたいだけど、逆は？　ティアが精霊を嫌になった場合は考えないの？」

「え……？」

思いがけない言葉に、アレンさんが目を見開く。

もちろん、私も。

「わ、私がイフリートたちを嫌うことなんてないよ！　ありえない！」

思わず叫んでしまう。それだけは絶対にありえない！

「そう？　でも、このままじゃ俺たちはティアからティアの一番やりたいことを奪ってしまうかもしれないんだよ？」

「それでも絶対にないよ！　断言する！」

太陽が西から昇ったとしてもありえないから！

「そんな心配だけはしなくていいから！」

みんなが私を好きでいてくれるように、私もみんなが大好きだよ！

「――ふふ、嬉しいよ」

シルフィードが私を見て、ニコッと笑う。

だけどすぐに表情を引き締めて、アレンさんに向き直った。

「でも、俺が言いたいのは、ティアがそうするしないの話じゃなくて、神殿はその可能性について一切考慮していないのか。していないなら、それはなぜなのかを訊《き》きたいだけだよ」

「聖女が……精霊を嫌う……？」

考えてもみなかったという様子で、アレンさんが額に手を当てる。

「そんなことが……？」

「まったくありえない話じゃないだろ？　君たちはお守りしているつもりなのかもしれないけどさ、実際問題やりたいことをすべて諦めて、今までの努力もなにもかもをすべてなかったことにして、聖都の神殿に囲われて、ろくな自由もなく、国のためにずーっと尽くしてたら嫌にもならない？

君曰《いわ》く――」

シルフィードの翡翠《ひすい》色の双眸《そうぼう》がアレンさんを射抜く。

「聖女は、俺たちを受肉させるまでは『普通の女の子』に過ぎなかったんだよ？」

「――ッ！」

アレンさんが愕然《がくぜん》とする。

「あ……！」

「聖女として国に大切にされることを喜ぶ子もいるだろうけれど、そうじゃない子もいるってこと、忘れてない？　なんで心に陰りをもたらすのが、傲り、慢心、欲望、野心だけだって思ってるのさ。聖女になってしまった悲しみかもしれない。苦しみかもしれない。聖女としての自分への疑問かもしれない。後悔や、憂鬱《ゆううつ》や、精霊たちへの憎しみだってありえるかもしれないのに」

「……それは……」

アレンさんが再び額に手を当てる。

「正直、考えたこともありませんでした……。そうするものだとばかり思っていて……」

「ああ、そっか。前に聖女が現れたのは、百五十年前だっけ？　ん？　二百年前だっけ？」

シルフィードが小首を傾げて、フリフリと尻尾《しっぽ》を振る。

「じゃあ、今とはなにもかもが違うから。聖女は喜んで神殿に行って、神官たちや聖騎士たちからお守りされて、国を守ることに――国のために尽くすことに喜びややりがいを感じていて、本当に一つとして不満はなく、幸せだったのかもしれないね。だから、慢心させないこと、余計な欲望を抱かせないことだけが気をつけるべきことだったのかもしれないな」

あ……。たしかに。今よりもずっと貧しくて厳しい世の中だったはずだもん。聖女になれるのは、神殿で神官や聖騎士にお守りされてなに不自由なく暮らせるのは、そのうえで人々のために尽くし、人々から感謝され――崇《あが》め奉られるのは、このうえない喜びだった可能性は高いよね。それこそ、それを嫌がる人間がいるなんて考えられないレベルで。

『そうですね……。当時のことは古い文献でしかわからないので……正直、当時の聖女の心情まで推し量ることはできませんが……」

「以前と違うのは、精霊もだよ。俺、これが二度と食べられないなんて嫌なんだけど」

シルフィードがアレンさんの前の空の皿を前足でつつく。

それに、ほかの三精霊も続く。

「そうだぞ！　オレさまも嫌だ！　毎日ティアのごはんが食べたいぞ！」

「アタシもよ！　アタシからハニーバタートーストを奪ってみなさい！　承知しないんだから！

クリームパンも食べられないなんて絶対に嫌よ！」

「ぼ、ボクも、クリームパン食べたいよ……」

「み、みんな……」

さらに胸が熱くなる。

「オレさまの大事なティアから、一番やりたいことを奪うのは絶対にダメだぞ！」

「それに、アタシたちからティアのパンを奪うのもダメよ！　絶対に許さないわ！」

「ボクも……ティアとボクらから好きなものを奪う人の言うことなんて、聞きたくないよ……」

「――だってさ」

シルフィードがふふんと笑って、悪戯《いたずら》っぽくアレンさんの顔を覗《のぞ》き込む。

「どうする？　聖騎士さん。聖女と精霊を敵に回す勇気がある？」

「ッ……！」

アレンさんがさぁっと顔色を失《な》くす。

お、おおう……。にゃんこが超絶美麗騎士を脅してる……。

でも、さすがにこれはアレンさんが気の毒……。聖女の扱いなんて、一介の聖騎士が決められることじゃないもの。アレンさんはあくまで国の――そして神殿の方針に従っているだけなんだし、精霊たちに責められるのも、脅されるのも、ちょっと理不尽って言うか……。

「あ、あのね？　みんな……」

「――わかりました。とりあえずは、ティアは神殿には行かない、信頼できる大神官さまだけに、火・水・大地・風の精霊が受肉したことを報告する。それでいいですか？」

「えっ⁉」

フォローすべく口を開いた瞬間、アレンさんが信じられない提案をする。

私はびっくりしてアレンさんを見つめた。

「そ、それでいいんですか⁉」

「よく……はないです。聖騎士として正しい判断なのかと問われたら、間違っていると言わざるを得ません……」

アレンさんが苦笑する。で、ですよね⁉

「それって、アレンさんの立場が悪くなってしまうんじゃ……」

「ですが……実は私自身、迷っていたんです。本当にあなたを聖都にお連れしていいのかと……」

え？

「そう……なんですか？」

「はい。出逢《であ》って間もないですが、それでもあなたのパンに対する情熱はしっかり理解しています。重ねてきた努力も知っています。イフリートの言うとおりです。精霊を受肉させたからといって、はたしてそれらをすべてなかったことにしてしまっていいのだろうか？　捨てさせてしまっていいのだろうか？」

アレンさんがじっとシルフィードを見つめる。

「シルフィードの問いに対する私の返答は、聖騎士としては至極正しいものです。そう教えられてきましたし、私自身そう信じてきました。でも……」

そこで言葉を切り、テーブルの上の空の皿に視線を落とす。そして、精霊たちの前の皿にも。

「では、ティアにパン屋を諦めさせることが――パンを焼くことを辞めさせることが、正しいことなのでしょうか？　本当に？　ナゴンからアンコを作ることができて、あんなに喜んでいたのに？　実際、素晴らしくおいしかった。多くの人が魅了されることは間違いありません。安値でおいしいこのパンは、確実に民の生活を変えます。私自身、それを確信しています。それなのに――それを捨てさせてしまっていいのでしょうか？　国のためだから？　世界のためだから？」

アレンさんが顔を歪《ゆが》め、グッと拳《こぶし》を握り固めた。

「パン屋よりも聖女のお役目のほうが尊いなど、本来は職業に貴賤《きせん》などないはずなのに、勝手に上か下かを決めたあげく、こちらの都合ですべてを取り上げ、聖女の務めを果たすことを強要する。イフリートの言うとおり、それは『搾取』ではないのか――？」

「アレンさん……」

「そんなふうに考えること自体が、聖騎士としては間違っているのかもしれません。国の、神殿のやり方に疑問を持つ聖騎士なんて、許されません。ですが、それでも私は……」

アレンさんはそこで言葉を切ると、なにやら心を決めた様子で立ち上がった。

「精霊たちに言われたからじゃありません。それだけは誤解しないでください。そもそも、聖女の務めは、毎日聖歌と祈りを捧《ささ》げ、受肉した精霊たちを聖獣に育て上げることです。必ずしも聖都の神殿に縛りつける必要はないはずですし……。いえ、そうではなく……！」

そして私の前にやってくると、恭しく膝《ひざ》をついた。

「私は聖騎士として聖女を――ではなく、ただのアレンとしてあなたを守りたいのです。あなたがいたいと願う場所で、あなたが一番やりたいことをしてほしい。私も精霊たちと同じく――」

そう言って、ふぅっとその双眸を優しくする。

そして、私の髪をひとすじ手に取り、そっとくちづけを落とした。

「あなたのことが大好きだからです。ティア――」

私をまっすぐに見つめる金色に近い眼差《まなざ》しが、甘やかに煌《きら》めく。

瞬間、心臓がドッとありえない大きな音を立てた。

なななななに今の！　なに今のーっ！

まままま待って⁉　そそそそそれってどういう意味の『好き』ですか――⁉

「あ、ありがとう、ご、ございます……？」

な、なんのお礼だろう？　これ……。

ややや、でも、おおおおお礼を言う以上に、なななななにを言えばいいのかわかんないし！

私は真っ赤になってしまった顔を隠すように、慌てて下を向いた。

「で、でも、そんなの許されないんじゃないかって……許されていいのかって思いもあるんです。聖女にはなりたくありません。聖都の神殿で暮らすことになるのも嫌です。私、ここにいたいです。思う存分パンを焼きたい。そしてパン屋をやりたい。私のパンをみんなに食べてもらいたい……。でも、そんな……勝手な我儘《わがまま》で、聖女の役目を放棄していいのかって……」

シナリオどおり、すでにヒロインが聖女として覚醒《かくせい》していたなら、自由にしてもいいと思う。悪役令嬢としての役割はきちんと終えているしね。

でも、バグなのかなんなのか――ヒロインが聖女として覚醒していない現状、精霊の力を借りて国を救うことができるのは私だけだ。

国にさまざまな異常が起きている今、なにもしないで気ままに生きていていいのだろうか？

もちろん――これはアレンさんにも精霊たちにも言えないけれど――悪役令嬢の私がヒロインの立場を奪うような真似《まね》をしてもいいのだろうかという問題もある。

やっぱり思考がグルグルとループしてしまう。

パンを焼きたい。パン屋を開きたい。私のパンをこの世界に広めたい。

でも、こうなった以上は聖女としてやれることはやるべきなんじゃないか。国の異常を見て見ぬふりは罪なんじゃないか。国と人々のためにできるかぎりのことはすべきなんじゃないか。

でも、私は悪役令嬢だ。ヒロインの立場を奪ってはいけないんじゃないか。

見事な堂々巡り。

「イフリートたちやアレンさんの気持ちは嬉《うれ》しいです。でも、それに甘えていいのかなって……」

この国のことを、この世界のことを想《おも》えばこそ、どっちつかずのまま思考がループしてしまう。

どうしたらいいのかわからない――。

俯《うつむ》く私に、アレンさんが「そうですね……」と唇に指を当てる。

「そもそも、聖女のお役目を放棄していることにはならないのではないでしょうか？」

「え……？」

「先ほども言ったとおり、聖女の務めは毎日聖歌と祈りを捧げ、受肉した精霊たちを聖獣へと育て上げることです。それは本当に、聖都の神殿でなくてはできないのでしょうか？　ここでパン屋をやりながらでも可能なのでは？」

「ええっ⁉」

えっ⁉　パ、パン屋と聖女の両立⁉　そんなことできるの⁉

「前例がないので断言はできませんが、おそらくできると思いますよ。なぜなら――現状すでに、あなたは聖女のお役目を半分以上果たせています。ティアのパンも世界を救うものですから」

「はい？」

私のパンが世界を救う？

「えっと……？　それはどういう……」

「精霊たちは、夢に向かってひたむきに努力するあなたに惹《ひ》かれて、声をかけたんです。そして、あなたが焼くおいしいパンの虜《とりこ》になった。彼らは、あなたから好きなものを奪うことだけではなく、自分たちからあなたが焼くおいしいパンを取り上げることもダメだと言ってます」

「え……ええ、そうですね。ありがたいことに……」

「つまり、あなたがいて、あなたが焼くおいしいパンがあって——はじめてこの国は彼らにとって守るべき価値のあるものになっているってことです」

アレンさんがそう言って、にっこり笑う。

「それだけでも——ティアはすでに充分すぎるほど世界に貢献していますよ」

「っ……」

トクンと心臓が跳ねる。

私は今のままでこの世界の役に立てているの？

「アイツの言うとおりだぞ。オレさまはティアが大好きだ！　ティアが作るパンも大好きだぞ！　だから、ティアに笑っていてもらうためなら、そしてティアのパンを腹いっぱい食べるためなら、どんなことでもするぞ！」

イフリートが私に甘えるようにすりすりと頭をこすりつける。

「ティアは、ティアのことだけ考えたっていいんだぞ！　国のためとか、誰かのために、ティアが我慢することなんてないんだ！　オレさまが望むのは、ティアの幸せなんだからな！」

「イフリート……！」

再びイフリートをギュッと抱き締めると、オンディーヌやグノームが慌てた様子で椅子から降り、駆け寄ってくる。

「あ、アタシだってそう思ってるわよ！　アタシもティアが大好きなんだからね！　ティアが焼くパンもよ！」

「ボクも、ティアが大事だよ……」

「抱っこは嫌だけど、このパンがもう食べられなくなるのは勘弁かな」

シルフィードもすました様子で、テーブルから飛び降りて傍《そば》に来てくれる。

でも、抱っこされるのは本当に嫌なのか、微妙に手の届かないところにお座りする。

その様子に、思わず笑ってしまう。

「ホラ、ね？」

アレンさんが優しく微笑《ほほえ》んで、イフリートを抱く私の腕をポンポンと叩《たた》く。

「精霊たちをここまで魅了する――。ティアは、そしてティアが焼くパンは、すでにこの国の――いえ、世界の宝だと思いますよ」

「アレンさん……」

「神殿に行く必要なんてありません。ティアが幸せであれば、ティアがやりたいことを思いっきりやっていれば、彼らはこの国を――世界を愛し、守ってくれるでしょう」

精霊たちの望みは、私の幸せ。

私が幸せであれば、巡り巡ってそれが国のため――世界のためになる。

その言葉に、胸が熱くなる。

本当に？　それでいいの？　それだけでいいの？

私の問いかけるような視線に、みんなが笑顔で頷《うなず》いてくれる。

それにまた、胸が締めつけられる。

ああ、これほどまでに想ってもらえて――こんなに嬉しいことはないよ！

「この国の――そしてこの世界のためにも、ティアのパン屋のオープンに全力を尽くしましょう。私も手伝います。ただその前に、一度聖都に戻って信頼できる大神官さまにのみ、四精霊の受肉を報告してきます」

「えっ？」

手伝うって……いやいや、そろそろ聖騎士としてのお務めに戻らないといけないでしょう。

私がそう言うと、アレンさんは何を言ってるんだというような顔をして、私の手を取った。

形の良い唇が、私の中指にそっと触れる。

「私の務めは、あなたの傍にあり、あなたを守ることです。ティア――」

ひえっ！

心臓が再びありえない大音響を奏でる。

アアアアアアアレンさん！　ご自身の顔面偏差値を計算に入れた行動をしてください！

じゃないと、いつか死人が出ます！　っていうか、もうすでに、アレンさんの知らないところで天に召されちゃった人いるんじゃないですか⁉　萌死《もえし》とか尊死《とうとし》とか嬉死《うれし》とかで！

「わわわわわかりました……」

わかりましたってなんなのって自分でも思うけれど、それ以上に言いようがない。ほかになんて言えばいいのかわからない。ごめんなさい！　前世からの筋金入りの喪女なんで、恋愛のスキルはもう清々《すがすが》しいほどゼロなんです！

私はアワアワしながら、イフリートの真紅の毛並みに顔を埋めた。


精霊たちとアレンさんのおかげで、迷いは消えた。

私の中で、進むべき道も定まった。

だけど、エピローグが正しく進んでいない現状はなにも変わっていない。それについてはどうしたらいいんだろう？　どうすれば、正しく進むようになる？

聖女の役割を私が肩代わりすればいいって、そんな単純な話でもないと思うのよ。

だって、それってバグにエラーを重ねてることにならない？　ヒロインが聖女として覚醒しないバグに、悪役令嬢が聖女の能力を持ってしまうバグ。それを、悪役令嬢が聖女の役割を果たすってエラーでカバーしても、本当にそれでシナリオは正されるの？　状況は改善されるの？

上手《うま》くいけばいいけど、致命的に悪化しちゃう可能性だって高いよね？

だからやっぱり、私は悪役令嬢の枠からはみ出しちゃいけない気がするの。

とりあえず、悪役令嬢のままパンを焼くことで国や世界に貢献する方向で行くことになったから、ヒロインが聖女として神殿入りする邪魔はせずに済んだ。

まだ、シナリオが正規のルートに戻る余地はある。

そのために――私になにができる？

そうだ。パン屋のオープンを目指す中で、ヒロインと精霊たちを逢《あ》わせることができないかな？

精霊たちがヒロインのことも好きになってくれたら、なにか変わるかもしれない――よね？

そこまで考えて、私はイフリートを見つめた。

「どうした？　ティア」

イフリートが尻尾《しっぽ》をフリフリしながら、頭をスリスリと押しつけてくる。

「もーっ！　ずるいわよ！　イフリートばっかり！　アタシも抱っこしなさいよ！」

「ぼ、ボクもお膝に乗せて」

オンディーヌとグノームも私の膝に頭をこすりつける。

――うん！　そうしよう！　みんなと本来の聖女――ヒロインを逢わせてみよう！

私の立場では少し難しいけれど、なんとかアリス・ルミエス嬢とコンタクトを取ってみよう！

「はい、みんな抱っこね！」

私はにっこり笑って、オンディーヌとグノームを膝に抱え上げた。

「じゃあ、シルフィードも！」

「えっ⁉　お、俺はいいって言ってるでしょーよ！」

シルフィードがギョッとして、すっとんで逃げてゆく。

んもう！　テレ屋さんなんだから！

第五章　悪役令嬢、聖女にジョブチェンジしちゃいました！

「やぁ！　愛《いと》しのティア！　僕が来たよ！」

ドアが勢いよく開くとともに、聞き覚えのありすぎる声が店内に響き渡る。

今後の方針が決まって、アレンさんが聖都へと向かって一週間――。

私はというと、お店の石窯《いしがま》オーブンでのパン焼きの訓練、レシピの微調整、広場でのパン配り、そしてお店作りの仕上げをする毎日。

今日も朝から営業日本番さながらでパンを焼いてたんだけど――チッ！　邪魔が入った！

「お久しぶりです……。お兄さま……」

ため息をつきながら出迎えると、お兄さま――アルザール・ジェラルド・アシェンフォードが、たまらないといった様子で身を震わせた。

「ああっ！　いいねっ！　その微妙な顔っ！　嬉しくないこともないけど、はてしなく厄介だし、面倒臭いし、むしろすごく邪魔とでも言いたげな表情っ！　きゅんきゅんするよっ！」

「………………」

――この変態《シスコン》。

「うんっ！　その一気に氷点下まで冷え込む感じもいいいっ！　最高だよっ！　ティア！」

なに？　気持ちよくなるために来たの？　こちとら暇じゃないんだけど。

「……悶《もだ》えるだけなら帰ってくれませんか？」

「ああ、その嫌悪感満載の視線が、一気に喜びに輝く——そのさまもまたたまらないんだよねっ！

さぁ、ティアっ！　約束のトースター（試作品）だよっ！」

「——ッ！」

お兄さまの後ろから入ってきた従者が、お店の中央にあるパンを並べる商品台の上に布に包んだ箱のようなものを置く。

えっ⁉　う、嘘《うそ》！　本当に一週間程度でできたの⁉

布を剥《は》ぐと、二十一世紀の日本で使われていたものよりは少しレトロなデザインの——だけど、ほとんど変わらないトースターが現れる。

「わ、わぁ！　すごい！」

いわゆるポップアップ型じゃなくて、オーブン型のトースター。

ガバッと前に大きく倒れる開き戸、中には焼き網、開き戸の傍《そば》に時間調節のつまみがあるのは、二十一世紀の日本のトースターと同じ。違うのは、つまみの上に火の魔石をはめ込む場所があること、本来上下に設置してある電熱器がなく、その場所に魔法陣が描かれていることぐらい。

「ティアが詳細な仕様書を書いてくれていたことと、石窯オーブン開発時の経験があったからね、それほど難しくなかったみたいだよ」

「すごいですわ！　お兄さま！　本当に一週間程度で作り上げてくださるなんて！」

「あ！　お礼は頬にチュウがいいな！」

——と、馬鹿みたいなことを言って顔を突き出してきたのは、華麗にスルー。寝言は寝て言え。

だいたい、ご褒美は『一ヵ月以内にお茶の機会を作る』だったはずじゃない。

「動作テストは済んでるんですよね⁉」

「もちろん」

スルーされることは想定内だったんだろう。まったく気にする様子もなく、お兄さまが頷く。

「じゃあ、さっそくパンを焼いてみていいですか？」

「どうぞどうぞ」

さっそく奥から食パンをカットして持ってくる。

機能は同じだけど電化製品じゃなくて魔道具だから、コンセントに挿す必要がないってのがまたいいよね。どこでも使えるのもの。

食パンを入れて、一度大きくつまみを捻《ひね》ってから二分に合わせる。

「わ、あ！」

上下の魔法陣が赤く光り、中の食パンを照らす。

そのまま二分ほど経過して、コロンと綺麗《きれい》なベルの音がする。

私は扉を開けて、中の食パンを取り出した。

「うん、しっかり熱い」

アチアチと皿に置いて、表面をバターベラで撫《な》でる。

「うん、表面はカリカリッとしてる。焼き色も申し分ないわ。とても綺麗」

そのパンをちぎってみる。

「ふわっと、もちっと……中の水分が飛んじゃってることもない」

もちろん、食べて味と食感もたしかめる。

「表面はカリッと、それでいて中は水分をしっかりと閉じ込めて、ふわっともちっと……うん！

いい！　すごくいい！」

正直、想像以上。高級トースター並みの焼き上がりだ。

今度は二枚焼いてみる。

「すごい……！」

二枚焼いても、焼きムラはほぼない。

いや、本当にすごい！　これ、ものすごく完成度が高い！

「これ、動作耐久テストはしました？」

「もちろんしたとも。スライスした芋をめちゃくちゃ焼いた。千回までやったけど問題なし」

「その千回で、魔石ってどのぐらい消費しました？」

「そこについてるのでできたよ」

お兄さまがつまみの横についているビー玉ぐらいの大きさの魔石を指差す。

「えっ⁉　テスト段階から替えてないんですか？」

「うん、そのまま」

魔石とは、そのまま——魔力を持つ石のこと。魔力を持つのは人間や魔物だけじゃないの。

この世界は科学の代わりに魔法が発達してるけど、火に水、光、氷、雷など、さまざまな性質を持つ魔石こそ、生活家電——この世界で言うところの生活魔道具の動力源だ。

その魔石は、今のところ人工で作ることができないもの。石油や石炭、天然ガスなどと同じく、魔石は天然資源なの。

だから、ぶっちゃけ魔石って高いのよ。

二十一世紀の日本では、電化製品を選ぶうえで商品そのものの値段はもちろんだけれど、ランニングコスト——たとえば、どれぐらい電力を使うかとか、どのぐらいで買い替えの時期が来るかとか、洗剤や灯油みたいな付属して使うものの値段なんかを考慮に入れるけど、この世界では魔石の消費量が重要視される。

どれだけ性能がよくても、魔石をめちゃくちゃ消費するような魔道具はダメ。

とくにこのトースターは庶民にこそ使ってほしいって思ってるんだから、魔石のコストはすごく重要よ！

「この感じなら、まだまだ使えそうですね」

魔石は、最初は研磨された宝石のような見た目をしている。魔力を消費するうちにどんどん色が失われて濁っていって、最後にはそのへんに転がっている石ころと変わらなくなる。

この魔石はまだキラキラと輝いて、とても綺麗。

「うちの技術者の話じゃ、倍はいけるんじゃないかって話だったな」

「倍……二千回……」

このぐらいの大きさの魔石で二千回もトーストできるなら、ランニングコストとしては優秀だ。

「一応二千回まで耐久テストしたいですね……。魔石が尽きるまで、ちゃんと作動するか」

そして、魔石を交換さえすれば、そのまま問題なく使い続けられるかもたしかめたい。

そうね……。さらに倍の四千回まではテストしておきたいかも。

「わりと単純な構造だし、問題なく使えるだろうって。あ、でも使い方によって、庫内にたまった汚れが魔法陣に影響を及ぼす可能性はあるって言っていたよ」

「汚れですか？」

「ちょっとしたカスぐらいだったらまったく問題ないけれど、たとえばチーズなんかをドローっと垂らしたうえで繰り返し使用したら、魔法陣の上のチーズが焦げついて炭化してしまうだろう？

そうなったら、焼きムラがでたりすることはあるってさ」

「それはつまり、庫内を清潔に保てば問題なく使えるってことですよね？」

だったら問題ない。どろどろに汚したまま使えば本来の力を発揮しないのは、どんな魔道具でも一緒だ。

ううん、この世界の魔道具だけじゃない。それは日本の家電製品だって同じことだ。

よし！　これならイケる！

「では、お兄さま」

私はお兄さまに向き直り、私と同じ緋色《ひいろ》の瞳《ひとみ》をまっすぐ見つめた。

「魔石を使い切るまでと、魔石を交換後に再度魔石を使い切るまで動作耐久テストを行ったうえで、量産体制はどのぐらいで整えられます？　お色はこのオフホワイトと……そうですね……ミルキーグリーンなんていいと思いますわ。あとは、絶対にブラックもほしいですわね」

「三色も必要かい？　オフホワイトとブラックだけでいいなら、早めにできると思うけれど」

うーん、可愛《かわい》い色もほしかったけど、そこは妥協すべきところかな？

あとから新色販売したっていいし、まずはスピードを取るべきよね。

「わかりました。では、オフホワイトとブラックの二色で」

私は奥から紙と万年筆を持ってくると、お兄さまの目の前でサラサラと数字を書き記した。

「販売のお値段は、このぐらいがよろしいのですが」

さすがは、お兄さま。その数字を見てもお兄さまは一切顔色を変えなかったけれど、お兄さまの後ろにいた従者はそれを見てぎょっと目を見開いた。

「……さすがにそれは安すぎないかい？」

とんでもないとばかりにブンブン首を横に振る従者を目で制して、お兄さまがやんわりと言う。

「貴族からしたら、そうですわね。でも、わたくしは民にこそ使っていただきたいので」

だから、ここは譲れない。

「うーん……そうだなぁ……」

お兄さまが少し考えて、その紙に新たな数字を書く。

私が書いた値段の、およそ倍。

「このぐらいじゃダメかい？」

私はにっこり笑って、すばやく回れ右をした。

「――さっさとお帰りください。この役立たずが」

「わぁぁあっ！　待って待って！　ごめんなさい！　ごめんなさい！」

お兄さまが大慌てで私の腕に縋《すが》る。

「お放しください。もうお話しすることはありませんから」

「そういう冷たい態度にも興奮するけども！　再考する！　再考するから！　待って！」

――最初の『興奮する』発言、いる？　本当に変態なんだから。

私はため息をついて、お兄さまに向き直った。

「では、どうぞ」

「ええと……そうだなぁ……」

お兄さまがほとほと困り果てた様子で、万年筆でこめかみあたりを掻《か》く。

後ろの従者はもう顔面蒼白《そうはく》だ。ブルブル震えながらお兄さまの手もとを凝視している。

おそらく、開発費から考えたらお兄さまが提示した金額でも破格の安さだと思っているんだろう。

当然、その半分の値段で大量生産なんてありえないって。

そんなこの世の終わりみたいな顔しないで。大丈夫だから。これはアシェンフォード家に大きな利益をもたらすから。

私は小さく肩をすくめて、トースターに手を置いた。

「お兄さま、これは冷蔵庫などと同じく、生活必需品となるものです。まぁ、そうですわね……。十年以内には、各家庭に必ずあるものとなるとお考えください。そのうえで、値段設定を」

その言葉にお兄さまと従者が目を見開く。

「そんなに売れるかい？」

「お値段次第ではありますけれど、間違いなくそれだけの力がある商品ですわ」

「…………」

お兄さまと従者が顔を見合わせる。

お兄さまはともかく、従者は『そんな馬鹿な』って顔だ。

「信じられませんか？」

「……いや、だって、パンって焼く必要ある？　余計に硬くなるだけじゃない？」

あ。

「そうでした。お兄さまにはまだわたくしのパンを食べていただいてませんでしたわね」

じゃあ、理解できなくても仕方がない。

私は奥から新たな食パンとバターやジャムなどを持ってきて、二枚スライスして、トースターの中に入れた。

二分経過してコロンと鐘が鳴ったら、トーストを取り出してたっぷりのバターを塗る。そして、四等分ずつにカット。

四分の一はそのまま。あとの三つには、ジャム、はちみつ、餡子《あんこ》をそれぞれのせる。

「さ、どうぞ召し上がれ。バタートースト、ジャムバタートースト、ハニーバタートースト、あんバタートーストですわ」

二人分の四種のトースト。

お兄さまと従者が目を丸くして、まじまじとそれを見つめる。

「ティ……ティア？　あの、泥がついてるのがあるんだけど……」

「泥に見えますが、泥ではないので大丈夫です」

「大丈夫って……」

つべこべ言わずに食べなさい。

「お兄さまは、わたくしを信じてくださいませんの？　わたくしのことを、大切なお兄さまに泥を食べさせるような女だと……？」

目をうるうるさせて、『ティア、ショック……！』と言わんばかりのぶりっこポーズをすると、お兄さまがカッと目を見開いて「まさか！」と叫ぶ。

「っていうか、ティアが僕のために作ってくれたものなら、泥であったとしても喜んで食べるから、まったく問題ないよ！」

だったら、つべこべ言わずに食べろ！（二回目）

『アンタはそうかもしれないけど、自分は普通に嫌なんですけど？』って顔をしている従者の前で、お兄さまが果敢にもあんバタートーストにかぶりつく。

「こ、これは……！」

しっかり咀嚼《そしゃく》して飲み込んでから、唖然《あぜん》とする。

「おいしい……！　この泥、なんて上品な甘さなんだ……！　いや、それより……！」

そして、信じられないといった様子でバタートーストを手に取り、まじまじと凝視した。

「これがパン⁉」

「ええ、食パンをトーストしたものです。この四種類だけじゃありませんのよ。エッグトースト、チーズトースト、ピザトースト……アレンジメニューは無限ですわ」

そう言って、従者にも勧める。

従者はひどく気乗りしない様子だったけれど、それでもお仕えする家のお嬢さまの勧めとなれば断ることはできなかったのだろう。おそるおそるバタートーストを口に運んだ。

「ッ……！」

瞬間、大きく目を見開いて、そのままものすごい勢いで四種類すべて完食してしまった。

見た目泥の餡子にもまったく怯《ひる》む様子はなかったから、よっぽどおいしかったんだろう。

「こ、これは……！」

「どうです？　わたくしのパンとともに売り出す――。そのまま食べてももちろんおいしいですが、このトースターを使って焼いたり、アレンジをして食べる。絶対に売れると思いませんか？」

「思う！」

「思います！」

二人が大きく頷《うなず》きながら、食い気味に叫ぶ。

「これは売れるよ！　間違いなく！」

お兄さまが興奮気味に言って、顎《あご》を撫《な》でる。

「レシピブックは必須《ひっす》だね。それをつけるかつけないかで、売り上げはかなり違ってくるはずだ。先んじて、コーヒーハウスやパブに置くのもいいね。そこで、軽食としてトーストを出す。それが手軽に家庭でも食べられるとなれば、絶対にほしいと思うはずだ」

従者も大きく頷く。さっきまで今にも気絶しそうな感じだったのに。

「あ……！　ティアのパンの値段は？　民にこそってことは……」

「今あるパンと、さほど変わらない値段ですわ。それで充分、利益が出ますの」

お兄さまと従者が顔を見合わせる。

「すごい……！　ティアのパンは……このトースターは……民の生活を劇的に変える……！」

お兄さまはぶるっと身を震わせると、値段を書いた紙をドンと台に置いた。

「ティアが提示した値段でいい！　充分だ！」

「しかし、アルザールさま。それには――」

「ああ、わかっているとも。ニコラウス。それには、ティアのパンをもっと爆発的に広めることが必須となる」

もの言いたげな従者に、お兄さまが頷く。

私はパチパチと目を瞬《しばたた》いた。

「爆発的に、ですか？」

「ああ、ティアが一人で焼ける量には限界があるだろう？　それじゃ足りないな。需要はあっても供給がまったく追いつかなかったら、広まるものも広まらない」

「ええと……」

そう言われても、私一人でやるんだもの。どうしたって限界がある。

徐々に——ではなく、一気に、爆発的に広めるとなると、どうすればいいのか……。

「ティアは、このレシピを独占する気はないんだろう？　十年以内に、トースターが各家庭に必ずあるものにするということはつまり、ティアのパンも十年以内に全国に広めるつもりってことだ。そうだろう？」

「ええ、そうです。わたくしはわたくしのパンをこの国のスタンダードにしたいのです」

きっぱりと宣言する。

そう——それこそが、私の野望。

あの罰ゲームパンを、この国から撲滅したい！

いつでもどこでもおいしいパンが食べられるようにしたい！

「だったらティア、この町の——そしてアシェンフォード公爵領のパン職人や料理人から志願者を募って、ティアに弟子入りしてもらおう」

「弟子入り……ですか？」

「そう。ティアのもとで修業して、ティアの味と技術を身につけてもらうんだ。そして、アシェンフォード領内の各地で、ティアのパンを焼いて販売してもらう」

「それって……」

お兄さまの言わんとしていることを理解して、あっけにとられてしまう。

それってつまり、私のパン屋をチェーン展開するということ——？

「もちろん、ティアのパン屋と同時オープンはできない。まずはティアのパン屋をオープンして、そこからティアの味を継承したパン屋を増やしていくといった感じだ。それでも、ティアのパン屋一店舗で広めるのとは爆発力が違う。——十年なんて言わない」

お兄さまが親指・人差し指・中指を立てて、私の目の前に突きつける。

「三年だ。三年で、ティアのパンをこの国のスタンダードに、トースターを生活必需品にする！」

「っ……！」

心臓がドクンと大きな音を立てて跳ねる。

すごい……！　この人、本当に天才なんだ……！

チェーンストアっていつごろ登場したんだっけ？　覚えてないけれど、少なくともこの世界にはまだ存在しない考え方だ。

私のように前世の知識があるならともかく、そうじゃないのにそこにたどり着くなんて——。

「三年……。できるでしょうか……？」

「できるとも。僕が——アシェンフォード家が全面的にバックアップするからね」

お兄さまは自信満々にニヤリと笑って、顎に指を当てた。

「そうだね。まずは——ティア？　この食パン？　は、ティアの店の主力商品なのかい？」

「いずれはそうなればと考えてますが、今のところ主力ではありませんわ」

私は「少々お待ちくださいませね」と言って、奥から本日訓練で焼いたパンたちを持ってきた。

さまざまなパンを見て、お兄さまとニコラウスと呼ばれた従者が目を丸くする。

「孤児院の子供たちの意見と、広場でのパン配りで得た感想からですと、おそらく一番人気はこのクリームパンですわ。次点は、隣のジャムパン。こちらのあんぱんとあんバターにかんしましては、一度食べてもらえさえすれば、きっとハマる人は多いだろうって意見が多いですわ。それで言えば、こちらの焼きカレーパンも同じですわね。食べてもらうまでをどれだけ短くできるかが課題です。こちらのバゲットとブールは、罰ゲー……いえ、既存のパンに近い見た目をしていますし、食事と合わせることができますので、手に取りやすいのではないかと。ふっかふかで驚いてもらえるのが、こちらのバターロールと食パンですわね。こちらも日々の食事と合わせていただけるので、わりと手に取っていただきやすいのではないかと思っているのですが……主力と言うと……」

私の説明はちゃんと耳に入っているのか——お兄さまもニコラウスもあんぐりと口を開けたまま呆然《ぼうぜん》としてしまっている。

「お兄さま？」

どうかなさいまして？　と尋ねると、お兄さまがポカーンとしたまま私を見る。

「こ、こんなに……？」

「え……？　いいえ、これだけではありません。これらに加えて、バターロールや食パンを使ったサンドウィッチというものを日替わりで何種類か出すつもりです。最初はそのぐらいですわね」

「ええっ⁉　こ、これ以上あるの⁉　しかも、それが毎日並ぶだって⁉」

「え……ええ、そうですけど……」

「う、嘘だろう？」

「すごいっ……！」

お兄さまとニコラウスが信じられないとばかりに唸《うな》る。

この世界の人にとってはそうなのかもね。二十一世紀の日本のパン屋を知っている私からすると、お話にならないぐらい少ないんだけど……。

「ティ……ティア？　身体《からだ》は大丈夫なのかい？　か、過労死したりしないよね？」

あ、そのあたりは大丈夫です。私の死因（死んでいたのだとしたら）は間違いなく過労死なので、今回はちゃんと気をつけてます。

「大丈夫ですわ。このぐらいの量なら、それほどたいへんではないんです」

「そ、そうなのかい？」

お兄さまは「そうなのか……」と呟《つぶや》きながらしばらく考えて――ふと、店内を見回した。

「オープンはいつごろを考えているんだい？」

「ええと、今のところ、一週間後ぐらいを予定しておりますが……」

お兄さまは唇に指を当ててさらに考えると、籠《かご》の中の食パンを指差した。

「じゃあティア、この食パンはオープン時のラインナップから外してほしい」

「えっ⁉」

なんで⁉

「さっき絶賛していただけたのにですか？」

「だからだよ。トースターとともに、もっとも効果的に売り出したい」

お兄さまが力強くきっぱりと言う。

「まずは食パン以外のメニューでティアのパン屋をオープン。同時に、アシェンフォード公爵領のパン職人や料理人……いや、この際、未経験でもいい。やる気のある志願者を募って、ティアからティアのパンの作り方を習ってもらう。さらに同時進行で、トースターの量産を行う」

ポンポンと試作のトースターを叩《たた》いて、両手を広げる。

「次は、コーヒーハウスやパブ、宿屋、神殿などにトースターを置き、この食パンを卸してもらう。軽食としてトーストを出すんだ。あとは孤児院や兵舎もいいな。同じく、食堂でトーストを出して、とにかく口コミを広めてもらうんだ」

「なるほど。それでしたら、コーヒーハウスで貴族の方々に、パブで平民の方々に、宿屋で旅人や商人など、アシェンフォード領にお住まいではない人々に、神殿で神官さまや信者のみなさま――さらには、孤児院の子供たちや兵士のみなさまなど、年齢や性別、身分、立場に関係なく多くの人にトーストを食べていただけますね」

「そのとおり。そして――充分話題になったら、ティアの味を継承したパン屋をオープンするんだ。全店で食パンを売り出してもらう！　もちろん、トースターも同時に売り出す！」

おお！　つまり、それが爆発力というわけね？

「トースターをあの値段で売り出すには、それが絶対条件かな。そうだよな？　ニコラウス」

「そうですね。絶対条件と言うか、最低条件です。大きなブームを起こすには、さらにもう一つ、欲を言うなら二つ、三つは、仕掛けがほしいところですね」

ニコラウスが腕組みをして、うーんと考え込む。

お兄さまはふとパンの籠に視線を落として、バターロールを指差した。

「これ、もらっていいかい？」

「え？　ああ、どうぞ」

お兄さまはお礼を言ってそれを手に取ると、一口大にちぎって口に入れた。

「ああ、おいしいな。ふわふわで、柔らかくて、ほんのり甘い。バターの風味もいいね。――うん、間違いない。ティアのパンは民の心を豊かにするよ」

「え……？」

思いがけない言葉に、私はパチパチと目を瞬いた。

「心を豊かに、ですか？」

「そうだよ。食を楽しむなんて、貴族だけの特権だ。僕らは、食事は腹を膨らますだけのものじゃないことを知っている。おいしいものを食べたら、満たされるのは腹だけじゃない。むしろ、心の満足を得たいからこそこぞって美食を求めるんだ。でも、民はそうじゃない。金に余裕なんてないから、腹を満たすことで精いっぱいだ。味なんて二の次、三の次――いや、そもそもそんなことにこだわるべきじゃない。一部の金持ちを除き『生きるために食べる』――民にはそれがすべてだ」

生きるために食べる――。

ああ、そうだ。この世界のモデルは十九世紀半ばのヨーロッパだ。二十一世紀の世界とは違う、ヨーロッパとはいえまだまだ発展途上。

日本では江戸時代後期。黒船が来航したころ。もちろん、飽食なんて言葉すらなかった時代だ。

この国の民の多くは、心が満たされる食事をまだ知らない――。

「でも、このパンで変わるよ。民は、おいしいものが腹だけではなく心も満たすことを知るだろう。そして、このパンがこの国のスタンダードになれば、それが当たり前になるんだ」

「おいしいものでお腹《なか》だけではなく心も満たすのが……当たり前に……」

「そう。そして、食に対する意識が変わるのは平民だけじゃない。我々貴族もだ。『美食イコール高価』という概念がまず崩壊する。美食を楽しむために金を積む必要なんてない。なんてったってティアのパンは、平民が日常的に買うことができる値段なんだからね。そうだろう?」

お兄さまが、ワクワクが止まらないといった様子でニヤリと口角を上げる。

「おそらく、ティアのパンが皮切りになる。さまざまな食の概念が覆るよ。貴族なら、調理工程が多い料理が上品だ。地を這《は》う動物よりも空を飛ぶ動物のほうが上等で食べる価値がある、とかね。つまりだ」

お兄さまはそこで言葉を切ると、私を見つめて満足げに目を細めた。

「ティアのパンは、平民・貴族関係なく――みんなの食事に対する意識を変える。そしてそれは、間違いなくこの国を変えるよ」

鼓動が速くなる。

私のパンで、心を満たす食事を知ってもらえる？

私のパンが、人々の日々の喜びになるの？

そして、私のパンが食の概念を変える？

国を――変える？

「そんなこと……考えたこともありませんでした……」

ただ、罰ゲームパンに耐えられなかっただけで……。おいしいパンが食べたい一心で……。

「………」

高鳴る胸を、両手で押さえる。

悪役令嬢でも、人々を幸せにできるの？　国に貢献できるの？

バグのせいで設定やシナリオがくるってしまったからではなく、それによってヒロインから聖女の立場や役割を奪ってしまった結果でもなく、アヴァリティアのままで？

どうしよう！　嬉《うれ》しい！

そして、すごくドキドキするし、ワクワクする！　やってみたい！

「怒られる覚悟で告白するけれど、ティアがなにをやろうとしているにしろ、失敗すればいいって思ってたんだ。大失敗すればきっと家に戻ってきてくれるだろう？」

お兄さまがやれやれと肩をすくめる。

その思いがけない言葉に、目を丸くした。

「えっ……？」

「だから、あえて知ろうとしなかった。知るのを避けてきた。知ったら、手伝ってあげたくなってしまうから。もちろん、ティアを無視することなんてできないから、君のお願い――注文どおりに魔道具や道具を作る手伝いはしたけれど、応援する気持ちなんて微塵《みじん》もなかった。それどころか、失敗することを望んでやってたんだ」

「ええっ⁉」

「金を湯水のごとく使って作ったんだ。ああ、もちろん、我がアシェンフォード公爵家にとっては微々たる額さ。懐はまったく痛まない。でもその費用を回収できるほどの利益を上げられなければ、それは間違いなく失敗だろう？」

「あ……」

「それは、僕にとってチャンスだ。君を家に連れ戻す口実になる」

お兄さまは「でも……」と言って、参ったとばかりに微笑《ほほえ》んだ。

「これほどのものを作り上げていたなんてね……」

愛しさに溢《あふ》れた優しい眼差《まなざ》しに、トクンと心臓が鳴る。

「僕のティアはすごいなぁ」

「っ……お兄さま……」

「もう少し早く向き合うべきだったな。そうしたら、もっとバックアップできたのに」

はぁ～っとひどく残念そうにため息をつく。

私はクスッと笑って、首を横に振った。

「いいえ、この二年間、本当に好き勝手やらせていただきました。それは家族の理解あってこそ。それも立派なバックアップですわ」

それこそもう変態を通り越して人外の域にまで達してるんじゃないかってレベルのシスコンが、二年以上もの間、私の失敗を願うだけで、決して邪魔をすることなく、家にも連れ戻すことなく、ただひたすらに耐えてくれてたんだから、すごいことだと思う。それだけで御の字だよ。

「でも、これからはお兄さまのお力が必要です。どうか、わたくしを助けてくださいませ」

「ティア……」

「わたくしのパンを、この国のスタンダードにするために」

民の生活を変えるために。意識を変えるために。

そして、民の心を豊かにするために。

「この国の人々に、日々――わたくしのパンでお腹も心も満たしてもらうために」

私の言葉に、お兄さまがニヤリと不敵に笑う。

「もちろんだ。世界を驚かせてやろう！」

私もにっこり笑って、がっちりと握手をする。

「そうと決まれば――ニコラウス。すぐに帰って準備に取りかからないとね」

「はい！　馬車を回してまいります！」

ニコラウスが私に一礼し、バタバタと店を飛び出してゆく。

「さぁ！　忙しくなるぞぉ～っ！」

ウキウキワクワクした様子でトースターを布で包むお兄さまを見て、私はふと瞬きした。

あ、そうだ。アレンさんのことは話しておいたほうがいいよね。もうすぐアレンさんも聖都から戻ってくるし、お兄さまが協力してくれることになった以上、いつか顔を合わせることもあるかもしれないし。

「お兄さま……」

声をかけて――ハッとする。

いや、待ってよ！　私！　相手は、変態を通り越して人外の域にまで達してるんじゃないかってレベルのシスコンよ⁉　話しておいたほうがいいのは間違いないけれど、どう話すの⁉

今まで、アヴァリティアに近づいた男もれなく全員に殺害予告してるのよ⁉　このシスコンは！

実行しかけたことも一度や二度じゃないわ！

もう家に泊めたことも何度もあって、ナゴンを採取するためにデミトナ辺境伯領へ一緒に出かけ、宿屋では同じ部屋で寝た――なんて知られたら、きゃあ！　アレンさんの命が危ないわ！

「なんだい？」

「いえ、その……ええと……」

ど、どうしよう？

私はアタフタと視線を泳がせて――しかしふと、デミトナ辺境伯領で、アレンさんがお兄さまを知っているふうだったことを思い出す。

あ！　そうだ！　二人が知り合いなら、事件は起きないんじゃない？　アレンさんがものすごくいい人だってことは、お兄さまも理解しているはずだし！

その一縷《いちる》の望みにかけて、私は胸の前で手を組んだ。

「お、お兄さま！　聖騎士さまにお知り合いはいらっしゃいまして？」

「聖騎士？　そりゃ、僕も国を守る騎士だからね。顔見知りは多いけど……どうして？」

「おそらくお兄さまのお知り合いだと思うのです。ご家名は存じ上げないのですが、アレンというお名前の聖騎士さまと……その……最近ご縁がございまして……」

「アレン？」

お兄さまが首を傾《かし》げる。うっ……！　し、知り合いじゃない……の？

そ、そうなると、『ご縁がございまして』なんて言っちゃったのはマズかったんじゃ……。

ダラダラと冷汗を掻《か》いていると、お兄さまが顎《あご》に手を当てて天井を仰ぐ。

「アレン……アレン……。いや、アレンなんて名前のヤツに覚えは……」

そこまで言って、緋色《ひいろ》の瞳《ひとみ》を大きく見開く。

「は……？　嘘だろ？　まさか……！」

その横顔から、一気に血の気が引く。

「ちょ、ちょっと待って……！　ティア？　まさかその『アレン』って、銀髪で金の……っ……」

そこでグッと言葉を呑《の》み込み、なんだかひどく苦しげに顔を背けた。

え……？　なに？　その反応。

「い、いや——金に近い色合いの目をした、ものすごい美形だったり……する？」

「ええ、まさにそうですわ」

「どうして、あの御方《おかた》のことを⁉」

お、御方？

その言葉にびっくりしてしまう。

アシェンフォード公爵家の跡取りであるお兄さまが、『御方』なんて呼ぶって……。

「え、ええと……？　あの、お兄さま？　いったい……」

予想だにしなかった反応に、戸惑うしかない。いったいなんなの？　この反応。

ポカンとするしかない私に、お兄さまはひどく真剣な眼差しを向けた。

「その御方について、僕から話すことはできない。——機密なんだ」

「は、はい？」

アレンさんが、機密——⁉

「ちょ、ちょっと待ってくださいまし！　それはどういう——？」

「どうもこうもない、言葉のとおりだよ。僕はその御方についてなにも言えない。口にすることを許されていないから」

そ、そんなことある⁉

「そんな……話題にすることを許されてないなんて……どうしてです？」

「それも、言えない」

「……お兄さま……」

「ごめん、ティア。君のためにも、言えないんだ」

私のためにも？

その言葉に、背筋がヒヤリとする。

「もしかして……機密に触れて罰せられるのは、話したお兄さまだけじゃないということですか？

それを聞いたわたくしも？」

「――そうだ」

「っ……！」

さまざまな思いが胸を去来する。

正直、後悔している。どうしてアレンさんのことを話しておこうなんて考えちゃったんだろう。

そんなこと考えなければ、こんな――不穏な話を聞かなくて済んだのに。

私は気持ちを落ち着けるべく目を伏せ、そっと息をついた。

「……わかりました。では、これ以上尋ねませんわ」

「……そうしてくれると助かるよ」

「ですから、これからもアレンさんとは変わらぬおつきあいをさせていただきますわね」

「……！　ティア、それは……！」

「当然でございましょう？　不確かな意見を鵜呑《うの》みにしてつきあい方を変えるなんてありえません。

そんな恥ずべき真似《まね》を、わたくしがするとでも？」

そんなことはしない。

私は私自身の目を、耳を、信じる。

誰がなんと言おうと、アレンさんはいい人だ。私はそう信じてる！

「それは……そうだけれど……」

お兄さまはガシガシと頭を掻いて、諦《あきら》めたように肩をすくめた。

「変わらぬおつきあいって……そもそも、どういうおつきあいをしているんだい？」

「そんなこと、お兄さまに説明する必要はないと思いますが……」

そうは言っても、変な誤解もされたくない。

「大切な友人ですわ」

そう──。アレンさんにどんな謎があろうと、それは変わらない。

今までも、これから先も、アレンさんは私の大切な友人だ。

「そう……」

胸に手を当ててきっぱりと告げた私に、お兄さまは再度肩をすくめた。

「じゃあ──帰るよ。弟子について、そしてトースターについて、また連絡するね」

「ありがとうございます。お待ちしておりますわ」

お兄さまがにこやかに手を振って、店を出てゆく。

私もニコニコしながら手を振り返して──ドアが閉まったのと同時に、そこに駆け寄った。

息をひそめて、ドア越しに外を窺《うかが》う。

「はぁ……。なんてことだ……」

お兄さまの重いため息が聞こえる。

「アレンディード殿下……。どうして……ティアに……」

え……?

足音が遠ざかってゆく。

私は呆然《ぼうぜん》としてドアを見つめた。

「殿、下……?」

◇*◇

「な……なに、これ……」

店の前にできている大行列に、開いた口が塞《ふさ》がらない。

えっ⁉ な、なにこれ⁉ 幻覚⁉

「お……お嬢さま……。私、幻を見ているのかな……?」

リリアが震える手で、私の袖《そで》を引っ張る。

「だとしたら、私も見てるわ。その幻……」

「オレも見てる……」

マックスも、呆然と呟《つぶや》いた。

お兄さまがトースターの試作品を持ってきてくださった日から、一週間が経過していた。

アレンさんはというと、次の日には戻ってきて、無事に信頼する大神官さまに報告できたこと。

そしてその大神官さまより、『よい判断だと思います。三百年前にはそうしていたというのが、現在においても最善である保証はありません。なによりもまず、精霊たちの聖女への想《おも》いを汲《く》んで差し上げるべきでしょう』とのお言葉をいただいたこと。そして――デミトナ辺境伯領で耳にした噂の真偽について、聖都と王都でアレンさんなりに調べた結果を報告してくれた。

アリス・ルミエス嬢は本当に聖都にある離宮に住んでいて、クリスティアン王太子殿下はそこに足繁《あししげ》く通っているのは紛れもない事実らしい。

あとは――陛下の身辺を知ることとなんかできないから、陛下が王太子殿下に失望しているだとか、公務から遠ざけているだとか、それについてはわからないままだけれど、そういった噂《うわさ》があること、民の間で王太子殿下の評判が下がりつつあることは間違いないみたい。

『聖騎士ですから、基本は質素倹約。贅沢《ぜいたく》は敵なのですが……ティアのパンが恋しかったです』

すべての報告を終えたあと、そう言って少し恥ずかしそうに笑ったアレンさん。

それがとても嬉《うれ》しくて、笑顔も本当に綺麗《きれい》で――結局私は、彼の身元については尋ねなかった。

ただ、前日にお兄さまがトースターの試作品を持ってきてくださったこと。私のパンを爆発的に広めるためのアイディアをたくさん出してくださったことを報告するに留《とど》めた。

もちろん、気にならないわけじゃない。だって『殿下』だよ？　王族のみに使われる敬称だよ？

それがつくって――気にならないわけがないよ。知りたいよ。

だって、国王陛下の御子《おこ》は、クリスティアン王太子殿下ただ一人のはず。

陛下には弟がいらっしゃって、その――王位継承順位第二位の王弟殿下はご結婚はされていない。

当然、御子もいらっしゃらない。

ゲームの設定と違っていたら困るから、神殿で王室の系図を再度確認したけれど、間違いない。

じゃあ、クリスティアン王太子殿下より少し年上の『殿下』の敬称で呼ばれる御方って誰よ？

ゲームのキャラクター設定にも、王室の系図にも、そんな人物は存在しないのよ。

だから、気になる。知りたい。

でも、それを尋ねてしまったら――きっともうこれまでのような関係ではいられないんだろう。

それは、嫌！

だったら、これまでどおりでいい。

彼は、聖騎士のアレンさん。それ以上でも、以下でもない。真面目で、誠実で、とても優しい。

この世のものとは思えないほどの超絶美形だけど、それをまるで意識することなく行動するから、ときどきものすごい破壊力を発揮する無自覚タラシ。

魔法と神聖力の両方を使うすごい聖騎士で、イフリートが一目置くほど強い。

それなのに、私の「土下座しますよ」ってわけのわからない脅しに困っちゃう、可愛い人。

私を、私のパンを、大好きだって言ってくれた人。

傍にいてお守りしますと言ってくれた人。

私の迷いを取り払ってくれた人――。

それでいい。

それだけで充分だ。

これ以上を知る必要なんてない。

だから――訊《き》かないことに決めた。

次の日からはまたお店の石窯《いしがま》オーブンでのパン焼きの訓練、レシピの微調整、広場でのパン配り、そしてお店作りの仕上げをする毎日。

パン配りを神殿の子供たちじゃなくてアレンさんに手伝ってもらったことがあったんだけど――そのときはたいへんだった。一瞬で広場がフェス会場みたいになっちゃったもの。もしかしたら、町中の女性が集まってたんじゃないの？　ってぐらい。おおぅ、奇跡の顔面の効果すごい……。

そうして――あれよあれよと一週間。ついにパン屋のオープン日を迎えたわけなんだけれど。

夜が明ける前から、パンを焼いて焼いて焼きまくって――いつもパン配りを協力してくれている孤児院の子たち（今回は年長さんだけ）も朝早くから来て、いろいろと手伝ってくれたおかげで、予定よりも余裕をもって午前の分を焼き終えることができたから、ビラ配りでもしようか～なんてリリアたちと話しながら売り場に行ったら、窓の外に見えた分厚い人垣！

綺麗な二度見を披露したあとに、目を擦《こす》ってさらに三度見してみたけれど――消えない。人！人！　人！　えっ⁉　嘘！　これ現実なの⁉

それで、リリアとマックスと一緒に、呆然と立ち尽くしてしまったわけ。

「あ、アレンさん～～～っ！」

「アレンのお兄ちゃんーっ！」

「アレンの兄ちゃんーっ！」

私とリリア、マックスが同時に声を上げて助けを求めると、奥からアレンさんがすっ飛んでくる。

続いて、アニーも。

「ティア⁉　みんな、どうしまし……はっ⁉」

「え、ええっ⁉」

アレンさんとアニーもまた、窓の外を見て驚愕《きょうがく》する。

窓の向こうでわさわさ動くたくさんの人の頭。ちょっとしたホラーだ。

「も、ものすごいことになってる……」

「ねぇ、これ、全部お客さんなの……？」

「た、多分……？」

「広場のパン配り、しすぎちゃった……？　こ、こんなにお客さんが来るなんて……」

「お、お嬢さま、これ……パン足りるのか？」

思わず、全員が顔を見合わせる。

いや、めちゃくちゃたくさん焼いてるのよ？　オープン日って多くの人が来てくれるものだもの。

そのときに売り場がスカスカしてたら、人気がないみたいでカッコ悪いし、嫌だから、思い切ってかなり強気な数を焼いてるの。間違いなく余っちゃうけど、売れ残りは孤児院に寄付すればいいし、無駄にはならないからって。

それでも、これは……。

「ティア、今からパンを追加することは可能ですか？」

「お昼とお昼過ぎに焼く分以上にってことですか？　それは無理です……」

私のパンは天然酵母を使っている。

天然酵母には、元種作りという作業があるの。

簡単に説明すると、酵母液に小麦粉を混ぜて何時間も放置して倍の量に膨らませるっていうのを三日間続けてやって、発酵力を最大限高めたパンのタネを作ること。

それを使ってパン生地を作り、それをさらに一次発酵させて、成形して、二次発酵させてと――それだけの手間と時間をかけてようやくできあがるの。

「元種はありますが、一次発酵が間に合いません」

一次発酵は――これはパンの種類によっても違うけれど、だいたい六時間から七時間はかかる。

今から仕込んだとして、閉店時間に間に合うかどうかってところだ。

「問題はそれだけじゃありませんね」

「はい、あの人数がお店になだれ込んだらトラブルは避けられません」

私のお店は小さい。だって、もともと一人でやる予定だったんだもの。五人も入ればいっぱいだ。

五名ずつ入店してくださいって誘導するにも、人が足りない。

そもそも、五名ずつ捌《さば》いていたら、すべて捌き切るのにどれだけがかかるか。

どうしよう……！

「――これ、外に出しましょう」

アレンさんが売り場の中央の陳列台をポンと叩《たた》く。

一瞬、発言の意図が理解できず、私は目をぱちくりさせた。

「は、はい？　ええと……？」

「そして、今日は店の前で売りましょう。ドアの前に台を置き、見本と試食籠《かご》だけ並べて、注文を受けるんです。そのほうが混乱も少なく、トラブルになりにくいはずです」

「あ……！」

――なるほど。たしかにそのほうがよさそう。

そういえば、二十一世紀の日本でも、ショーケースに並んだパンを選んで、店員さんに注文するスタイルのパン屋は結構あるもんね。

「さらに、申し訳ないけれどこの人気なのでお一人さま三つまでと、個数制限を設けてはいかがでしょうか？」

「そうですね……」

できることなら、したくない。オープン前から並んでくださってるんだもの。それだけ楽しみにしててくれたってことでしょ？　ほしいだけ、お金が許すかぎり気が済むまで買ってほしい。

だけどそうすると、下手したら昼前に売り切れてしまう可能性もある。

でもなぁ～！　これは完全に私が客入り予想を誤ったせいだもの。お客さまにはなんの落ち度もない。それなのに、お客さまが我慢しなくちゃいけないっておかしくない？

とはいえ、現実問題、個数制限を設けないとお客さま全員に商品が行き渡らない。

いいえ、それどころか、個数制限をしたところで、全員が買えるかどうかは怪しいところだ。

どうする？

どうすれば、お客さまをがっかりさせないで済む？

今からパンの量を増やすことはできない。

なにができる？

「……あ！」

私はガバッと勢いよく顔を上げて、壁の時計を見た。

オープンまであと四十分！　――まだ間に合う！

私は「みんな！　厨房《ちゅうぼう》に来て！」と叫んで、奥へと駆け戻った。

バターは室温に戻したものがある！　卵、砂糖、小麦粉ももちろん！　ベーキングパウダーはこの世界にはまだないけれど、重曹はある！　よし！　イケる！

「リリア！　ドライフルーツのシロップ漬けの瓶を出して！　中身をザルにあけてちょうだい！　シロップを切ったドライフルーツがほしいわ！　マックス！　石窯オーブンを予熱して！　アニーは、天板にバターを薄く塗ってちょうだい！」

「うん！」

「わかった！」

私の指示に、三人が素早く反応する。

「アレンさんは、卵です！」

ボウルに手早く計量した砂糖と油、そして卵を割り入れて、アレンさんに渡す。

「しっかり混ぜてください！」

アレンさんがそれを混ぜている間に、小麦粉と重曹を計量し、丁寧にふるう。

「アレンさん！」

「はい！　できました！」

アレンさんのボウルにそれを入れ、粉がなじむまで木ベラでしっかり混ぜ合わせる。

できあがった生地に、余分なシロップを切ったドライフルーツを混ぜ込む。

「アニー、天板の準備はできた？」

「うん！　できたよ！」

アニーが作業台にバターを塗った天板を並べてくれる。ありがとう！　助かるっ！

「じゃあ、リリア、アニー、マックス、そしてアレンさん。よく見ててね。生地をこのぐらいずつ手に取って、丸めてペタンです」

四人に見せながら生地を適量手に取り、掌《てのひら》をこすり合わせるようにしてくるくると丸めて、最後にペタンと手を合わせて生地を潰《つぶ》す。それを天板に等間隔に並べてゆく。

四人でやると、あっという間に大きな天板四枚分が埋まる。

それを予熱した石窯オーブンに入れて、二十分焼き上げる。

「ティア、これは？」

「ドライフルーツのチャンククッキーです。これなら手早くできるので、どんどん焼いて配れます。ドライフルーツがなくなったらナッツを使えば、おそらく今日の分は足りると思います」

「えっ？　配るのですか？　売るのではなく？」

「はい、配ります」

楽しみにして来てくださったのに、個数制限を設けるのは心苦しい。でも、それが最善だと思う。そうしないとすぐに売り切れてしまうから。

でも、個数制限を設けたところで売り切れを避けられるかと言うと、この様子じゃ難しいと思う。売り切れて買えなかった人には本当に申し訳ない。

だから、せめてもの心づくしを。

手ぶらで肩を落として帰ることがないように。

また来たいと思っていただけるように。

「さぁ！　開店準備を急ぎましょう！」

本日の商品ラインナップは、バゲット、バタール、バターロール。クリームパン、ジャムパン、あんぱん、焼きカレーパン。そして、バタールを使ったあんバター、バゲットで作ったコーンマヨタルティーヌとピザ風タルティーヌだ。

子供たちと試食を用意する。試食メニューは、クリームパン、あんぱん、あんバター、バゲット、そして二種のタルティーヌ。小さくカットして、籠に見映えよく盛りつける。

「う、うまそう〜！」

そろりとピザ風タルティーヌに伸びた手を、リリアがぴしゃりと叩く。

「痛《いて》ぇっ！」

「ダメ！　これは全部お客さまの！　試食だって数に限りがあるんだから！」

「わ、わかってるけど……。オレ、これははじめて見たからさぁ～」

「ダメったらダメ！」

「ちぇ～！」

本当に、リリアはしっかり者だなぁ……。

「マックス、ちゃんとこのメニューも今度食べさせてあげるから。今日は我慢してね」

ポンポンと優しくマックスの頭を叩くと、彼がぱぁっと顔を輝かせる。ああ、こういうところ、本当にイフリートにそっくり！

「約束だぞ！」

「お嬢さま、あんまり甘やかしちゃダメだよ」

「そうそう。ゴネたらもらえるって覚えちゃうよ。マックスはお馬鹿さんだから」

「バ、馬鹿って言うな！　だってさぁ、お嬢さまのパンは全部めちゃくちゃうまいじゃねーか！だから、全部食べたくなるのは仕方がねーだろぉ？」

あはは。嬉《うれ》しいこと言ってくれるなぁ。

「甘やかしてるわけじゃないよ。だって、ものすごく手伝ってくれてるじゃない？　この頑張りにお礼をしないなんて、それこそ私がみんなに甘えてることになっちゃう」

にっこり笑うと、リリアとアニーが顔を見合わせて、肩をすくめる。

「お嬢さまがそう思うならいいけど……」

「でも、やっぱり少し甘いような気もするなぁ……」

まぁまぁ、そう言わずに。

実際、ものすごく助かってるから、お給金とは別にお礼もちゃんとさせてほしいよ。

「もちろん、二人にもお礼をさせてね！」

二人の肩を抱いて、ギュッと抱き締める。

神殿の教えをきちんと守っている二人だからこそ、少しぐらいいい思いをしてほしいよ。それは決して悪いことなんかじゃないから。

「ティア、パンの種類に関係なく『お一人さま三つまで』でいいですか？　バゲットやバタールは、クリームパンやあんぱんに比べてかなり大きいですが……。それにバターロールはどうしますか？　六つ入りで一つとして数えますか？」

アレンさんが紙を手に、売り場から顔を出す。

「あ、貼り紙作ってくださるんですか？　ありがとうございます。そうですね、そうしてください。多少の不公平感は、もう仕方がないので……。それより、今日はお客さまを捌くスピードのほうが重要になってくると思うので、ルールは単純なほうがいいかと」

「わかりました」

アレンさんが頷《うなず》いて、貼り紙を作ってくれる。

焼き上がったクッキーは、しっかり冷ましてから少量ずつラッピングする。これでお礼もＯＫ！

「陳列台を外に出したら、あとは……」

最終の指差し確認。商品見本、値札、商品を入れる紙袋、パンの食べ方や注意事項を記載した紙、お金を入れた籠。あとほかに必要なものはあったっけ？　大丈夫だよね？

「よし……！」

私は大きく頷くと、「開店十分前です！　みなさん！」と叫んだ。

「注文を受けるのが私とリリア、注文された商品を紙袋に詰めるのがアレンさんとアニー。そしてマックスには列の整理と、そのつどいろいろなお手伝いをしてもらいます！」

「よっしゃ、任せとけ！」

マックスが胸を叩く。その隣で、リリアとアニーも力強く頷く。

「昼前と昼過ぎのタイミングで注文をリリアとアレンさん、袋詰めをアニーとマックスに任せて、私は追加のパン焼き。クッキーも状況とタイミングを見て、私が焼く。これでいきます！」

ああ、もうっ！　猫の手も借りたい忙しさ！　精霊《にゃんこ》たちの手は借りられないけど！

「では、今日一日、よろしくお願いいたします！」

私は四人に深々と頭を下げて——それから笑顔で手を打った。

「さぁ、陳列台を表に出しましょう！」

「「「はい！」」」

子供たちが素早く駆けてゆく。

さぁ、いよいよだっ！

ドキドキと胸が高鳴ってゆく。

「いよいよですね、ティア」

アレンさんもそう言って、さらにドキドキする笑顔で、私の前に手を差し出した。

「あなたの夢をはじめましょう」

◇＊◇

「あんぱん三つ！」

「あんバター三つ！」

「私も！　あんバター三つ！」

「はい！　かしこまりました！」

これぞ、『飛ぶように売れてゆく』だ。

今のところ一番人気はまさかもまさか！　あんぱんとあんバターだ。今日は個数制限があるから、量があるバターロールやバゲットに人気が集中すると思ってたのに！

「これよ！　これ！　前に広場でいただいたのが本当においしくて！」

「そうそう！　見た目にはちょっと驚いたけど、甘くて、しょっぱくて、びっくりしたのよね！　また食べたかったのよ〜！」

「こっちも、あんバター三つで！」

「俺はあんぱん三つだ！」

「私はあんバター二つとあんぱん一つ！」

「私もそれで！」

か、確実に出てる！　広場でのパン配りの効果！

「は、はい！　ええと――」

窓から店内のアニーとアレンさんに注文を伝えてから、お会計。

「ありがとうございます！」

「本当に安いのねぇ」

お釣りをお渡ししたタイミングで、商品とパンの食べ方や注意事項を記載した紙を入れた紙袋とクッキーがサッと出てくる。それを受け取って、お客さまにお渡しする。

「たいへんお待たせして申し訳ありませんでした！　近いうちに個数制限なしでご購入いただけるようにいたしますので！」

深々と頭を下げると、ほとんどのお客さまは「いいのよ」とか「たいへんね」と笑ってくださる。

その笑顔にホッとする。

開店からすでに二時間。もう追加のパンを焼く時間なのに、列はまったく途切れることがない。

いや、それどころか増えてる気すらする。

もうちょっと落ち着いたらと思っていたけれど――仕方がない！

「マックス！　店内で袋詰めをお願い！　そして、アレンさんに……！」

列整理をしているマックスに声をかけると、すぐさま飛んできてくれる。

「お客さま対応をお願いすりゃいいんだろ？　みなまで言うなって！」

ホント、ごめん！　明日は最低でも倍の量のパンを用意するし、お手伝い人員も手配するから！

今日だけキツいけど、頑張って！

マックスが店内に駆け込んでゆき、入れ替わりにアレンさんが、商品の紙袋とクッキーを持って表に出て来てくれる。

「あんバター三つ、あんぱん三つ、そしてこれがあんバター二つとあんぱん一つです」

「ありがとうございます！」

それぞれお客さまに商品とサービスのクッキーをお渡しして、しっかりと謝意を伝える。

「少したいへんですが、なるべく早く戻りますので！」

「大丈夫ですよ、任せてください。一番たいへんなのはティアじゃないですか」

「え……？」

一瞬、なにを言われたのかわからなかった。たいへん？

「いいえ、たいへんなんかじゃありません！　楽しくて！」

目論見《もくろみ》を大きく外してしまって、三人にいらぬ苦労をかけてしまったことと、お客さまに余計な我慢をさせてしまったことは申し訳ないし、ものすごく反省しているけれど――それだけだ。

私自身は、こんなのは苦労のうちに入らない。

だって、楽しいもの！

好きなことを思う存分やれるのが、楽しくて！

お客さまが笑顔になる瞬間を見るのが、楽しくて！

ワクワクしっぱなしなの。

ドキドキしっぱなしなの。

幸せで、幸せで、仕方がないの！

「だから、私は大丈夫です！　心配いりません！」

にっこり笑うと、アレンさんがなんだか眩《まぶ》しそうに目を細める。

もっとおいしいパンを焼きたい。

もっとお客さまに喜んでもらいたい。

なにもたいへんじゃない。それしか考えられないの。

「じゃあ、さらに楽しんできますね！　その間、よろしくお願いします！」

◇＊◇

追加のあんぱんを石窯《いしがま》オーブンから取り出した――そのときだった。

「だから！　すべて私が買うと言っているんだ！」

厨房《ちゅうぼう》内にまで響き渡る大声とともに、なにやらガチャンと激しい物音がする。

小さな悲鳴まで聞こえて、私は慌てて売り場へと出た。

売り場では、袋詰めをしていたマックスとアニーが手を止めて窓のほうを凝視している。

「な、なに？」

「突然、店の前に馬車が停《と》まって……」

アニーが窓を指差す。

店の前には、たしかにゴテゴテとした装飾のなんとも趣味の悪――コホン、華やかで煌《きら》びやかな馬車が停まっていた。

注文を伺う陳列台の前にはこれまた趣味の悪――いえ、ビラビラしたフリルたっぷりの服を着た四十歳ぐらいの男性が一人、仁王立ちしている。えっ⁉ あ、あれっ⁉ 待機列は⁉

私は急いで外に出た。

「どうしました⁉」

「ティア、ええと……」

アレンさんが困り果てた様子でため息をつく。

「この人が突然馬車を横づけして、パンをすべて売れと言ってきて……」

「ええっ⁉」

その説明が気に入らなかったのか、男性が眉《まゆ》を跳ね上げる。

「この人、だと？ 立場をわきまえよ！ 下郎！」

げ、下郎ぉ⁉

思わず目を剥《む》く。

言うに事欠いて、この高貴なる天上の美貌《びぼう》を持つアレンさんに、下郎⁉

言葉を失う私を見て、男性が鼻の下のたっぷりとした髭《ひげ》を扱《しご》きながら「お前が店主か？」と言う。

「ええ、そうです」

「では、パンは私がすべて買う。用意しろ」

「申し訳ございません。本日はお一人さま三つまでとさせていただいております」

深々と頭を下げると、男性が不愉快そうに眉を寄せる。

「聞こえなかったのか？　すべて買うと言っているんだ！」

「聞き取りづらかったでしょうか？　本日はお一人さま三つまでとさせていただいております」

「頭の悪い女だな！　私がすべて買うと言っているんだ！」

男性の大声に、リリアがビクッと身をすくめる。

私はリリアを片手で抱き寄せて、怯《ひる》むことなくまっすぐ男性を見つめた。

頭が悪いのはどっちよ！　できないって言ってるでしょうが！

「――アレンさん、『突然馬車を横づけした』であってます？」

「ええ。待機列を蹴散《けち》らして」

アレンさんが、少し離れたところから心配そうにこちらを見ている人たちを手で示す。

アレンさんの口ぶりから並んでないなとは思ったんだけど……蹴散らしたぁ？　なんてことしてくれてんのよ！

「お、お怪我《けが》をされた方は……」

「目視ですが、幸いおられないようです」

その答えに、とりあえずホッとする。――そう、よかった。

でも、見逃しちゃってる可能性もゼロじゃないから、早くたしかめないと。

私は大きく一つ深呼吸をして、あらためて目の前で青筋を立てている男性を見つめた。

「お客さま。繰り返しますが、本日はお一人さま三つまでとさせていただいております。そして、みなさまにはお並びいただいたうえで、順番に販売させていただいております」

「あぁ？」

男性がいきり立つ。

「この私に並べと？　私を誰だと思っているんだ！　グラストン伯爵だぞ！」

ああ、そうなんですね。――ええと、だから？

「さようでございますか。では閣下、列の最後尾にお並びください」

「ふざけるな！」

男性――グラストン伯爵が叫び、陳列台をバンと叩《たた》く。

え？　なにもふざけてないけど？

「これだから身分の卑しい者は！　私は貴族だぞ！　なぜ平民と同じように並ばねばならんのだ！

わざわざ来てやったんだ！　便宜を図るのが当然だろう！」

果てしない上から目線に、内心ため息をつく。

そういう考え方の貴族って多いけど、そんな『当然』なんか、あるわけないでしょ？

「当店では身分は関係ございません。本日は完全先着順、お一人さま三つまでとなっております。どうぞご了承くださいませ」

「こ、このっ……！」

グラストン伯爵が懐から布袋を取り出し、陳列台に叩き付ける。

その衝撃で布袋の口が開き、中から金貨が飛び出した。

「卑しい女め！　ほしいのはこれだろう？　好きなだけくれてやるとも！　さぁ、これだけあれば、余るぐらいだろう？　さっさと私にすべて売れ！」

「………」

なんなの？　この人。なんでこうまでして、パンがほしいの？

私のパンを食べたことがあって、それがおいしくて気に入ったから買いに来たのかな？

この人は神殿の神官さまでも孤児院の子供でもないから、私のパンを食べる機会といったら、広場で配ったパンだけだ。でも、貴族でしょう？　しかも、これだけ選民意識が強い人。平民が、広場で無料で配っていたものを食べたりするかな？

まぁ、どんな理由にせよ、全部にこだわる理由ってなんなの？　気に入ってまた食べたいにしろ、まだ食べたことがないから食べてみたいにしろ、全部である必要なんてある？　そもそも全部って二、三日で食べられる量じゃないんだけど？　貴族だし、サロンかなにかで配るつもりなのかな？

いや、それにしたって多いよ。私のパンを無駄にされるのは嫌なんだけど。

私は足もとに転がった金貨を見て、小さくため息をついた。

大金をチラつかせればビビるとでも思ったのかな？　――おあいにくさま。こちとら、元・公爵令嬢なのよね。

「――リリア、ごめんね？　拾って差し上げて」

「う、うん。わかった」

リリアが散らばった金貨を拾い集める。

「ありがとう。ちょっとお店の中に入っててくれるかな？」

「だ、大丈夫？」

「うん、大丈夫だよ」

私が金貨が入った袋を手にしたことで、売る気になったと勘違いしたのだろう。グラストン伯爵がニヤァと笑った。

「そうだ！　素直にさっさと売れば――」

「こちらはお返しいたします」

私はその袋をグラストン伯爵の胸もとに突きつけた。

「なっ……!?」

「すでに申し上げましたとおり、当店では身分は一切関係ございません。そして本日は完全先着順、お一人さま三つまでとなっております。ご了承いただけるのであれば、最後尾にお並びください。ご了承いただけないのであれば、お帰りくださいませ」

「な……！　な……！　こ、この女ぁ！」

グラストン伯爵が怒りに顔を真っ赤にしてぶるぶると身体を震わせる。

そして、手にしていたゴテゴテと宝石で飾り立てた趣味の悪い金の杖《つえ》を勢いよく振り上げた。

「卑しい身分の分際でこの私に逆らうな！　ゴミは私の言うとおりにしてればいいんだっ！」

あ。

「ティア！」

目を見開いた瞬間、アレンさんが素早く私の前に立《た》ち塞《ふさ》がり、グラストン伯爵の腕をつかむ。

同時に、イフリートがふわりと陳列台に降り立ち、グラストン伯爵に牙《きば》を剥いた。

「ティアになにするんだ！」

「ぎゃあっ！」

イフリートが叫ぶと同時に、グラストン伯爵の立派な口ひげにボッと火がつく。

「ひ、ひぃいぃいいぃ！　な、なんで火が！　アチ！　アチアチアチッ！」

グラストンが伯爵が尻《しり》もちをつき、大慌てで口ひげを叩く。

ひげに火がついてんのよ？　下手したら大火傷《おおやけど》しちゃう。すぐに対処しなきゃいけないんだけど、
私とアレンさんは呆然《ぼうぜん》とイフリートを見つめたまま動くことができなかった。

い、イフリートぉぉぉぉ⁉　なななななんでここにいるのっ⁉

「いいいいいいいイフリート！　家で待っててくれるはずじゃ⁉」

「あ……！」

思わず叫ぶと、イフリートが少しバツが悪そうに首をすくめる。

「ご、ごめん……。だって、ティアのパン屋が見たかっ……」

アレンさんが慌ててイフリートの口を塞ぐ。

「むぐぐ?」

それでようやく、私は自分が犯した失態に気づいて両手で口を覆った。

あーっ！　は、話しかけちゃった！　イフリートって呼んじゃったよ！

「お、おい……見たか……?　ってか、聞いたか?」

「え、ええ……。今、しゃべったわよね……?　あの赤い猫……猫?　アレ、猫……よね?」

「めちゃくちゃデカいけど……た、たぶん……そうなんだろうな?　自信ねぇけど……」

「しゃ、しゃべったどころか！　なにもない空間からいきなり現れたわよ?」

人々がざわめき出す。

「って言うか、店主さん……『イフリート』って呼ばなかったか……?」

あ、あぁ～っ！　バッチリ聞かれてた！

「ば、馬鹿言え。イフリートといえば火の精霊だぞ?」

「そ、そうよね?　気のせいよね?　そんなわけない……」

「いや、でも……今……たしかにイフリートって……」

「あ、火の精霊にあやかった名前なんだよ、きっと。だって真っ赤だぜ?」

「い、いや、そもそも……真っ赤な猫ってなんだよ……」

「それにあのデカさだぜ……？　どう見たって猫じゃないだろ……」

「ねぇ、まさか……魔獣なんじゃないの……？」

わ、わわ！　なんか話が変な方向にいっちゃってる！　ど、どうしよう！　すぐさま否定したいけれど、魔獣じゃないならなんなんだって訊《き》かれたら答えられないし……。

思わず頭を抱えたそのとき、どこからともなく現れたオンディーヌが軽やかに陳列台に降り立つ。

そして、ドンと足を踏み鳴らして人々をにらみつけた。

「失礼なこと言うんじゃないわよ！　そいつは正真正銘、火の精霊イフリート！　そしてアタシは、水の精霊オンディーヌ！　ティアはアタシたちの聖女よ！　覚えておきなさい！」

瞬間、アレンさんが手で顔を覆って天を仰ぐ。

私もがっくりと陳列台に両手をついた。

お、終わったぁぁぁぁぁぁぁぁぁ！

「せ、精霊⁉　ほ、本当に⁉」

「で、でも、精霊って実体がないもののはずだろ⁉」

「そうよ。猫の姿をしてるなんて、聞いたことないわ」

「いや、でも……精霊でもなけりゃ、あの色はありえねぇだろ……」

「たしかに……真っ赤に真っ青だもんなぁ……」

「ねぇ、聖女さまって精霊に実体を与えられるんじゃなかったかしら？」

「ああ！　たしかに！　ガキのころ、神殿でそんな話を聞いた気がする！」

「あったあった！」

「じゃあ、あれは実体化した精霊ってことか？」

――これはもう誤魔化しようがない。

「……アレンさん……」

みなさまにご説明を……。

力ない私の言葉に、アレンさんがため息をついて頷《うなず》き、手を高く掲げた。

その手の上に銀色に光り輝く美しい剣が現れ、人々がどよめいた。

この世界に、その意味を知らぬ者はいない。

「せ、聖騎士さま！」

「聖騎士さまだ！」

「えっ⁉　ど、どうして聖騎士さまがここに⁉」

「この剣に誓って――火の精霊イフリートと水の精霊オンディーヌに相違ありません。そして、この御方は、先日精霊の受肉に成功された聖女さまであらせられます」

その言葉に、人々がさらにざわめく。

「せ、聖女なんて……そんな馬鹿な！　う、嘘に決まってる！」

自慢の口ひげをチリチリに焦がしたグラストン伯爵が喚《わめ》き散らす。

「ふざけるな！　聖騎士や聖女がパンなど焼いておるわけがなかろうがっ！」

「聖女でなかったら無礼を働いてもよいとでも？　身分で人を判断するなんて愚かの極みですよ」

「う、うるさい！　このペテン師が！　聖騎士なんて嘘っぱちに決まってる！」

　はぁ？　この人、まだ言うの？　聖騎士の剣をどう偽れるって言うのよ。

「ただのパン屋を見下して、なにが悪いんだ！　わ、私は貴族だ！　グラストン伯爵だぞ！」

「まだ言いますか……。では、あえてあなたのスタンスに合わせて差し上げましょう。この方は、アシェンフォード公爵家のご令嬢です。あなたが見下していい方ではありませんよ」

「げっ⁉」

　グラストン伯爵が一気に顔色を失う。

「あああああアシェンフォード公爵令嬢⁉　ま、まさか！　そんな……！」

　私はため息をついて、胸もとから指輪を取り出した。

　そこに刻まれたアシェンフォード公爵家の紋章に、グラストン伯爵が悲鳴を上げる。

「ぎゃあっ！　もももも申し訳ございません！　しししし知らなかったんです！」

　でしょうね。知っててのアレは、もはや自殺よ。ものすごくダイナミックでアグレッシブな。

　貴族であれば誰でも、アシェンフォード公爵のちょっと尋常じゃない娘溺愛《できあい》と公爵令息のさらに常軌を逸した妹溺愛は知ってるはずだもの。

「あ、アシェンフォード公爵令嬢……！　しかも、聖騎士を従えた……聖女ぉお⁉」

「閣下、まだパンをお求めでしたら……」

「ひぇぇぇぇぇっ！　か、閣下などと！　いえ！　もうパンは結構です！　失礼いたしました！　どどどどうか、公爵閣下と公子さまには内密に！」

……ここまでの騒ぎになっちゃったら無理だと思う。変態を通り越して人外の域にまで達してるんじゃないかってレベルの親馬鹿のお父さまとシスコンのお兄さまがなにかしてくると思うけれど、どうか強く生きて。

グラストン伯爵がころげまろびつ馬車に逃げ込み、御者に喚き散らす。

「早く！　早く！　早くっ！　帰るぞ！　帰るんだぁぁ！」

馬車がものすごい勢いで走り去ってゆく。

やれやれとそれを見送っていると、さらににゃんこが増える。

「も～っ！　騒ぎを起こして！」

「ア、アレン以外の人の前には姿を現さないでって……ティア、言ってたじゃないか……」

シルフィードとグノームまで……。そっかぁ……。みんないたんだぁ……。

「お、おい……。増えたぞ……」

「またどえらい色の猫だな……。アレは……？」

う。

「ティア、大丈夫か？　ご、ごめんな？　こっそり見に来てたこと、怒ってるか？」

「わ、悪かったわ。でも、アタシもイフリートも、ティアのお店が見たかったのよ……」

アレンさんが人々にシルフィードとグノームの紹介をする傍らで、イフリートとオンディーヌが耳をペタンと寝かせて上目遣いで私を見る。

くっ……！　うるうるした大きな目も、しょぼしょぼしたその感じも、可愛いっ！

「ううん、怒ってないよ。怒るはずがないよ。助けてくれてありがとう」

助けてくれたんだもんね。

そもそも、『家にいて』とか『人前に出ないで』とか――私が勝手すぎたんだよ。

みんな、私のパンが大好きなのに。私のことも好きでいてくれて、お店のことも応援してくれていたのに。

「大好きよ」

みんな――あ、みんなじゃないか。逃げちゃったからシルフィード以外――を順番に抱き締めて親愛のキスをする。

「みんな、台から降りて。ここは食品を扱う場所だから」

陳列台を片づけて、綺麗《きれい》に拭《ふ》く。試食籠《かご》は新しくするために一度全部店内に下げる。

そうして、私はお客さまに深々と頭を下げた。続いて、アレンさんも。

「みなさま、お騒がせして申し訳ありませんでした。こちらにお並びくださいませ。すぐに販売を再開いたしますね」

お客さまたちがホッとした様子で、また列を作る。

「ティアのパンはすっごくおいしいんだぞ！」

「アタシはねぇ、クリームパンとハニーバタートーストが大好きなの！」

「ボ、ボクもクリームパンが好き。あんバターも好きだよ。食べてほしいな……」

「俺は甘いものよりカラいもののほうが好きだった。焼きカレーパンも食べてみてよ」

精霊たちがお客さまを見上げて、尻尾《しっぽ》をフリフリしながら自分たちの好きなものをオススメする。

その愛らしすぎる姿にみなさん胸を打ち抜かれて、デレっと目じりを下げる。

「可愛いっ！　嬉《うれ》しいわ！　まさか、精霊さまとお話ができるなんて！」

「聖女さまが大好きでいらっしゃるのね！」

「聖女さまが焼いたパンを食べられるなんて、すげぇ幸運じゃないか！」

「すみません！　俺はクリームパンとあんバターと焼きカレーパンを一つずつ！」

「私も！」

「僕も！」

「はい、ただいま！」

追加で焼いたパンたちはもう冷めただろうから、すぐにお出ししよう！

私はお客さまに頭を下げて、店内へ――そのまま厨房《ちゅうぼう》に駆け戻った。

そして、厨房の一番奥の壁に頭をつけて、地の底よりも深ぁ～いため息をついたのだった。

ああ、どうやら私――悪役令嬢から聖女にジョブチェンジすることが決定してしまったようです。

特別編　穏やかな幸せに感謝を込めて

ついにこのときが来たわ……！

ナゴンを手に入れ、それを餡《あん》にして、あんぱんにあんバターサンド、あんバタートーストを作ることができるようになった。

と、いうことは、よ。アレも作れるようになったってことよ。

カロリーの暴力！　あんドーナツ！

この際、ホイップクリームも入れて、さらに破壊力爆上げなものを作りたい！

お店のメニューではないんだけどね。この世界は油が高くて、二十一世紀の日本のように大量の油を使って揚げるメニューはどうしてもお値段が上がってしまうの。だから、お店のカレーパンも焼きカレーパン。

お店では出せないんだけど、作りたい！　つまり、私が食べたい！

たっぷりの油を入れた鍋《なべ》を火にかけていると、イフリートが椅子に飛び乗って、テーブルの上に前足をかけた。

「これ、あんぱんか？」

そこにあるのは、餡を包んで二次発酵を終えた丸いパン生地たちと、餡が入っているボウル。

「ううん、たしかにここまではあんぱんと同じなんだけど」

もったいつけながら、油を示す。

「今日は、これを揚げちゃう！」

「あ、揚げ？　揚げるってなんだ⁉」

衝撃を受けたリアクションだけど、よくはわかってないらしい。ノリがいいなぁ、イフリート。

「それはね？　こうするってことよ」

充分に熱された油の中に、丸いパン生地たちを投入する。

ジュワ～ッという小気味のいい音とともに、香ばしい匂いが部屋中に広がってゆく。

ああ！　これよ、これ！　ドーナツに限らず、揚げものって香りからもうごちそうよね！

「おお～っ！」

イフリートが感嘆の声を上げるのと同時に、精霊たちが部屋に飛び込んでくる。

さらに続いて、アレンさんも。

「なぁに？　この匂い！」

「おいしそうな匂い！」

「俺たちの分もあるよね？」

そりゃ、もちろん。ちゃーんとありますよ。

「これは……！　油をこんなに？」

傍《そば》に来たアレンさんが、鍋の中を見て目を丸くする。

油の値段を考えたらびっくりするよね。この世界では、少ない油で揚げ焼きにするのが一般的。大量の油に泳がせて揚げるなんて、貴族でもあまりしないもの。

「お店のメニューではないんですけど、どうしても、どうしても！　私が食べたくて！」

「なんて料理なんですか？」

「あんドーナツです！」

あ、あんホイップドーナツかな？

『あん』とついた名前を聞いて、全員が一気にソワソワし出す。

ワクワクドキドキ。期待に満ち満ちた眼差《まなざ》しを背中に感じながら、頃合いを見てひっくり返して、表面がこんがりキツネ色になったらバットに上げる。

振り返ると、テーブルの上が片づいていて、アレンさんが飲みものの用意までしてくれていた。食べる準備万端って感じ。どうやらみんな、餡のおいしさにしっかりハマってくれたらしい。

でも、ごめん。これ、揚げたてを食べるものじゃないの。冷ます時間がいるのよ。

いや、待てよ？　ホイップを入れるなら冷まさなきゃいけないけど、あんドーナツなら揚げたてを食べても問題ないよね？　餡が熱々になってるだろうから、それは気をつけなきゃいけないけど。

私は少し考えて、あんドーナツにたっぷり砂糖をまぶして、六つあるうちの三つを半分にカット。

みんなの前にあるお皿に置いた。

「あれ？　なんで半分だけ？」

「オレさま、一個食べたいぞ！」

「残りの半分はさらに手を加えるから。ちゃんと一人一個の計算になるからね」

イフリートの頭を撫《な》でて、隣の席に座る。

「餡が熱々になってるから、気をつけて食べてね。それではみなさん」

私の掛け声で、全員が両手を合わせる。

「「「「「いただきます」」」」」

もちろん、この世界に『いただきます』なんて挨拶《あいさつ》はない。食事の前に神と自然に感謝の祈りを捧《ささ》げるのが一般的。

だけど、精霊たちはその自然そのものでしょ？　人が信じる神も知らないし、説明したとしてもわからないと思う。

でも、神や自然だけじゃなく、食材を作った人や調理器具を作った人、もちろん料理を作った人、一食に携わったすべてに感謝の気持ちを持って食べてほしいから、教えたの。『いただきます』と『ごちそうさま』を。

今では、アレンさんもそれに倣ってくれて、みんなで手を合わせるのが習慣になっている。

にゃんこたちが期待に胸を膨らませながら前足を合わせる光景は、とても可愛《かわい》い。

「んんっ！　うみゃぁああ！」

あんドーナツを一口食べて、イフリートが声を上げる。

「はふ……熱……！　おいしいわ！」

「外はサクッと、中はふわっとしてて、ボ、ボク、これ好き！」

「へぇ、あんぱんからいい意味で上品さがなくなった感じだ。俺も好きだな」

そうそう！　このジャンク感が、またいいのよね！

アレンさんも大きく頷《うなず》く。

「私も好きです。上品さがなくなったというよりは、上品なだけではなくなったという印象ですね。餡の上品さは変わらず、そこに油が加わってガツンと食べ応えが出ていて……食感も楽しいですし、熱々の餡というのもまたいいですね。おいしいです」

「気に入っていただけて、よかったです」

外はサクサク、中はふんわり。油と砂糖をまとった生地もしっかりおいしいけれど、そこに餡！　味わいが単調じゃなくて、二段階波状攻撃みたいな感じ！　いいわぁ～！

高カロリーなものってなんでこんなにおいしいんだろう！

「パンを揚げる……考えてもみませんでしたが……」

手の中のあんドーナツをまじまじと見つつ言って、アレンさんがふと顔を上げた。

「もしかして、中が熱くなってもいいものならほかにも揚げたりできるのでしょうか？　たとえばカレーパンとか」

「えっ⁉」

カレーパン大好きシルフィードが耳をピクンと立てて、私を見る。

「カレーパンも揚げられる⁉」

「うん、できるよ。今のところ、コスト面でお店のメニューにするのは難しいけれど」

「た、た、食べたい！　それ、食べてみたい！」

おお？　シルフィードのまっすぐなおねだりって珍しい！

そんなの、叶《かな》えてあげるに決まってるでしょう！

「もちろん、今度作るね」

にっこり笑顔で快諾すると、シルフィードがぱぁっと顔を輝かせる。ああ、もう……！　普段はちょっと斜に構えてるところがある子が無邪気に喜ぶのって、最高に可愛い！

あんドーナツとともに喜びを噛《か》み締《し》めていると、早々に食べ切ってしまったにゃんこたちが残りの三つと私をチラチラ見る。

「ティ、ティア～」

「ねぇ、そっちはまだ食べられないの？」

あーはいはい。ちょっと待ってね。

残りの三つも半分にカットして、冷蔵庫からホイップクリームを出してきて、中に入れる。

「わぁ！　クリームを入れちゃうの？」

「それ、絶対においしいヤツじゃないの！」

そう！　絶対的においしいヤツです！

「あ、そうか。半分はクリームを入れるために粗熱を取っていたんですね」

「そうなんです。あまり熱いとクリームが溶けちゃうので。本来はもう少し冷ましたいんですけど、すぐに食べるなら大丈夫でしょう」

できあがったあんホイップドーナツを、みんなのお皿へ。

全員、待ちきれないといった様子ですぐさまかぶりつく。

「っ！　んみゃぁあああ！」

「お、おいしい！　これ大好き！」

「ボクも！」

私も続いて一口。さらにホイップの冷たさ、餡とは違う甘さも加わって、もう最高！

「あれ？　生地の食感がさっきと違う。サクッとは変わらないけど、ふんわりがしっとりしてきた感じが……」

「本当ですね。さっきのふんわりもいいですが、これはこれで……」

「これはこれですごくおいしいですよね。私、大好きなんです」

ニコニコしながら言うと、アレンさんがふぅっと目もとを優しく緩めて微笑《ほほえ》む。

「私も好きです」

「――ッ⁉」

心臓がありえない音を立てて縮み上がり、すさまじい衝撃が全身を貫いて息が詰まる。

私は思わず硬直し、あんホイップドーナツをボトリと皿に落としてしまった。

「ティア？　落ちたぞ」

イフリートが不思議そうに言ったけれど、そっちを見る余裕なんてない。指一本動かすことすらままならないまま、ぶわっと身体《からだ》中の血液が顔に集約する。

ア、アレンさん～っ！　そこはちゃんと、『あんホイップドーナツが』と言ってくれないとっ！
変な誤解しちゃうから！　い、いや、私はしないけど！　誤解してなくてもこの破壊力だから！

見た人全員、即落ちするから！

そんな甘い微笑みで、そんな言葉を口にしちゃダメです！　お願いですから、この言葉は自分の顔面で言っていいものかどうか、発する前に確認するようにしてください！

「イフリート並みに真っ赤だね」

「……う……」

「ティア、いらないならもらっていいか？」

「……やだ……食べる……」

なんとか乙女心より食い気が勝つ。私はアレンさんから視線を逸《そ》らすことに成功した。

「えっと……イフリートは食べ終わったの？」

「うん！　うみゃくて、一気に食べちゃったぞ！」

イフリートが顔を輝かせて、ぽふっと前足を合わせる。

「ティア！　ごちそうさまでした！　めちゃくちゃうみゃかった！」

見ると、全員の皿がすでに空っぽだ。

そして、全員が感謝と敬意を込めて、『ごちそうさま』をしてくれる。嬉《うれ》しそうな、幸せそうな、見ているとこちらまで心がほこほこと温かくなる——晴れやかな笑顔で。

日本人なら、『お粗末さまでした』って返すところだと思う。

でも、そういう日本人らしい謙遜《けんそん》の心って、外国の人には伝わらないこともある。この世界ではどうだろう？　確実に、精霊たちはわからないと思う。
だから、私は素直に言葉を返す。
食べてくれて、
おいしいと言ってくれて、
素敵な笑顔を見せてくれて、
最大限の敬意と感謝を示してくれて、
「ありがとう！」
こちらも、最高の笑顔で。

あとがき

はじめまして。あるいは、お久しぶりです。このたびは、『断罪された悪役令嬢ですが、パンを焼いたら聖女にジョブチェンジしました!?』を手に取っていただき、ありがとうございます！

もぐもぐ・もふもふ異世界ものです。乙女ゲーム世界なんですが、十九世紀半ばのヨーロッパがモデルになったゲームということで、最初は薪焼《まきや》きパンなどを入念に取材していたのですが、それをどう物語に生かすか悩みに悩んで、魔道具オーブンの登場となりました（笑）。そんななんちゃって世界観ですが、楽しんでいただければ幸いです。

コミカライズも決定しておりますので、そちらも楽しみにしていてくださいませ。

それでは、謝意を。

素晴らしいイラストを描いてくださった眠介《ねむすけ》先生、ずっと支えてくださいました担当さま、ならびに編集部のみなさま、デザイナーさま、校閲さま、営業さま。この本を取り扱ってくださる書店さま、そして支えてくれる家族と友人にも、心からの感謝を。

何より、この本を手に取ってくださったみなさまに最大級の感謝を捧《ささ》げます。

それではまた、お目にかかれることを信じて。

烏丸《からすま》　紫明《しめい》

カドカワBOOKS

断罪《だんざい》された悪役令嬢《あくやくれいじょう》ですが、パンを焼《や》いたら聖女《せいじょ》にジョブチェンジしました⁉

2024年2月10日　初版発行

著者／烏丸紫明《からすましめい》

発行者／山下直久

発行／株式会社KADOKAWA

〒102-8177
東京都千代田区富士見2-13-3
電話／0570-002-301（ナビダイヤル）

編集／カドカワBOOKS編集部

印刷所／暁印刷

製本所／本間製本

●お問い合わせ
https://www.kadokawa.co.jp/（「お問い合わせ」へお進みください）
※内容によっては、お答えできない場合があります。
※サポートは日本国内のみとさせていただきます。
※Japanese text only

Printed in Japan
ISBN 978-4-04-075327-0 C0093

新文芸宣言

かつて「知」と「美」は特権階級の所有物でした。

15世紀、グーテンベルクが発明した活版印刷技術は、特権階級から「知」と「美」を解放し、ルネサンスや宗教改革を導きました。市民革命や産業革命も、大衆に「知」と「美」が広まらなければ起こりえませんでした。人間は、本を読むことにより、自由と平等を獲得していったのです。

21世紀、インターネット技術により、第二の「知」と「美」の解放が起こりました。一部の選ばれた才能を持つ者だけが文章や絵、映像を発表できる時代は終わり、誰もがネット上で自己表現を出来る時代がやってきました。

UGC（ユーザージェネレイテッドコンテンツ）の波は、今世界を席巻しています。UGCから生まれた小説は、一般大衆からの批評を取り込みながら内容を充実させて行きます。受け手と送り手の情報の交換によって、UGCは量的な評価を獲得し、爆発的にその数を増やしているのです。

こうしたUGCから生まれた小説群を、私たちは「新文芸」と名付けました。

新文芸は、インターネットによる新しい「知」と「美」の形です。

2015年10月10日

井上伸一郎

家を追い出されましたが、元気に暮らしています

～チートな魔法と前世知識で快適便利なセカンドライフ！～

ie wo oidasare mashita ga genki ni kurashite imasu

斎木リコ
illust. 薔薇缶

実家から追放されるも、辺境でたくましく育った転生者のレラ。スパルタな英才教育のおかげか、立派な脳筋令嬢が誕生する！　さらに、前世知識をふんだんに活かしまくり便利な魔道具を次々と生み出していた。

その後、貴族の学院に入学することになるも最初からトラブル続出で――イケメン騎士に一目惚れされるわ、異母妹に喧嘩を売られ魔法対決になるわ、あげくに学院祭の真っ最中に誘拐事件に巻き込まれてしまい!?

カドカワBOOKS

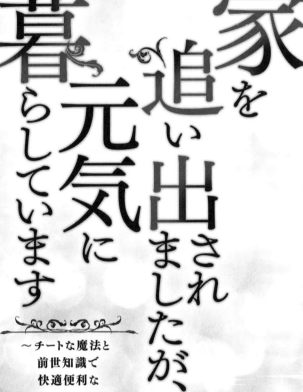

辺境でスパルタ教育を
受けたら
世界を揺るがす
脳筋令嬢が爆誕！
コミカライズ決定！

料理で胃袋わし掴み!?
男子高校生、異世界で
主夫生活始めます!
B's LOG COMICにて
連載中!
ビーズログコミックスより
コミックス絶賛発売中!!
漫画：不二原理夏
原作：港瀬つかさ
キャラクター原案：シソ
シリーズ好評発売中!
最強の鑑定士って誰のこと?
～満腹ごはんで異世界生活～
港瀬つかさ　イラスト／シソ
異世界転移し、鑑定系最強チートを手にした男子高校生の釘宮悠利。ひょんな事から冒険者に保護され、彼らのアジトで料理担当に。持ち前の腕と技能を使い、料理で皆の胃袋を掴みつつ異世界スローライフを突き進む!!
カドカワBOOKS